JULIO CORTÁZAR

Bestiário

Tradução
Heloisa Jahn

Copyright © 1951 by Julio Cortázar e herdeiros de Julio Cortázar

Grafia atualizada segundo o Acordo Ortográfico da Língua Portuguesa de 1990, que entrou em vigor no Brasil em 2009.

Título original
Bestiario

Capa
Elaine Ramos

Ilustração de capa
Nicolás Robbio

Foto do autor
© Cortázar, 1952. Fundo Aurora Bernárdez, coleção CGAI, herdeiros de Julio Cortázar

Revisão
Jane Pessoa

Dados Internacionais de Catalogação na Publicação (CIP)
(Câmara Brasileira do Livro, SP, Brasil)

Cortázar, Julio, 1914-1984.
    Bestiário / Julio Cortázar ; tradução Heloisa Jahn. — 1ª ed. — São Paulo : Companhia das Letras, 2025.
    Título original: Bestiario.
    ISBN 978-85-359-4105-0
    1. Contos espanhóis I. Título.

25-255352   CDD-863

Índice para catálogo sistemático:
1. Contos : Literatura espanhola 863

Aline Graziele Benitez – Bibliotecária – CRB-1/3129

Todos os direitos desta edição reservados à
EDITORA SCHWARCZ S.A.
Rua Bandeira Paulista, 702, cj. 32
04532-002 — São Paulo — SP
Telefone: (11) 3707-3500
www.companhiadasletras.com.br
www.blogdacompanhia.com.br
facebook.com/companhiadasletras
instagram.com/companhiadasletras
x.com/cialetras

Para Paco, que gostava de meus contos

Sumário

Casa tomada, 9
Carta a uma senhorita em Paris, 16
Distante, 27
Ônibus, 38
Cefaleia, 50
Circe, 64
As portas do céu, 81
Bestiário, 97

Casa tomada

Gostávamos da casa porque além de espaçosa e antiga (hoje que as casas antigas sucumbem à venda sumária, mais vantajosa, dos materiais que as compõem) ela guardava as lembranças de nossos bisavós, do avô paterno, de nossos pais e de toda a infância.

Irene e eu nos acostumamos a persistir sozinhos nela, o que era uma loucura pois naquela casa podiam morar oito pessoas sem aperto. Fazíamos a limpeza pela manhã, levantando às sete, e por volta das onze eu deixava Irene tomando conta dos últimos aposentos e ia para a cozinha. Almoçávamos ao meio-dia, sempre pontuais; não restava mais nada por fazer, fora uns poucos pratos sujos. Sentíamos prazer em almoçar pensando na casa profunda e silenciosa e em como dávamos conta de mantê-la limpa. Uma vez ou outra até imaginamos que ela é que não nos deixara casar. Irene recusou dois pretendentes sem maiores motivos; de meu lado, María Esther morreu antes que chegássemos a nos comprometer. Entramos nos quarenta anos com a ideia não explicitada de que nosso simples e silencioso casamento de irmãos era o fecho necessário da genealogia estabelecida pelos bisavós em nossa casa. Algum dia morreríamos ali, incertos e esquivos primos ficariam com a casa e a poriam abaixo para enriquecer com o terreno e os tijolos; ou melhor, nós mesmos daríamos cabo dela justiceiramente antes que fosse tarde demais.

Irene era uma moça nascida para não incomodar ninguém. Tirando sua atividade matinal, passava o resto do dia tricotando no sofá de seu quarto. Não sei por que tricotava tanto, acho que as mulheres tricotam quando encontram nessa atividade o grande pretexto para não fazer nada. Irene não era assim, tricotava coisas sempre necessárias, pulôveres para o inverno, meias para mim, xales e coletes para ela. Às vezes tricotava um colete e depois o desmanchava bem depressa por não gostar de alguma coisa; era divertido ver no cesto a montanha de lã crespa resistindo a perder a forma mantida durante algumas horas. Nos sábados eu ia até o centro da cidade comprar lã para Irene; ela confiava em meu gosto, aprovava as cores e nunca foi preciso devolver uma só meada. Eu aproveitava aquelas saídas para dar uma volta pelas livrarias e perguntar inutilmente se havia alguma novidade em literatura francesa. Desde 1939 não chegava nada que prestasse à Argentina.

Mas é da casa que me interessa falar, da casa e de Irene, porque eu não tenho importância. Me pergunto o que Irene teria feito sem o tricô. É possível reler um livro, mas quando um pulôver fica pronto não dá para repeti-lo sem provocar comentários. Um dia encontrei a gaveta de baixo da cômoda de canforeira cheia de xales brancos, verdes, lilases. Estavam com naftalina, empilhados como numa loja; faltou-me coragem para perguntar a Irene o que pretendia fazer com eles. Não tínhamos necessidade de ganhar a vida, todos os meses chegava o dinheiro dos campos e a quantia aumentava. Mas Irene só achava graça em tricotar, mostrava uma destreza maravilhosa e eu passava horas vendo suas mãos que pareciam ouriços prateados, agulhas indo e vindo e um ou dois cestinhos no chão, onde os novelos trepidavam incessantemente. Era lindo.

Como não me lembrar da distribuição da casa. A sala de jantar, um aposento com gobelins, a biblioteca e três grandes quartos de dormir ficavam na parte mais recuada, a que dá para a Rodríguez Peña. Apenas um corredor, com sua porta maciça de carvalho, separava essa parte da ala dianteira, onde havia um banheiro, a cozinha, nossos quartos e o living central, com o qual se comunicavam os quartos e o corredor. Entrava-se na casa por um saguão com maiólica, e a porta de duas folhas dava para o living. De modo que a pessoa entrava pelo saguão, abria a porta de duas folhas e passava para o living; dos dois lados teria as portas de nossos quartos e à frente o corredor que levava à parte mais recuada; avançando pelo corredor se transpunha a porta de carvalho e depois dessa porta começava o outro lado da casa; também era possível dobrar para a esquerda logo antes da porta e seguir por um corredor mais estreito que ia até a cozinha e o banheiro. Quando a porta estava aberta, dava para perceber que a casa era muito grande; quando não estava, tinha-se a impressão de que era um desses apartamentos que se constroem hoje em dia, que mal dão para a pessoa se mexer; Irene e eu ficávamos sempre nessa parte da casa, quase nunca passávamos para o outro lado da porta de carvalho, exceto para fazer a limpeza, pois é incrível como os móveis juntam terra. Buenos Aires pode ser uma cidade limpa, mas isso se deve a seus habitantes e não a outra coisa. Há terra demais no ar, basta uma lufada de vento para que se sinta com os dedos o pó sobre os mármores dos consoles e entre as aberturas das toalhinhas de macramê; dá trabalho removê-lo direito com espanador, ele voa e paira no ar, um momento depois se deposita outra vez nos móveis e pianos.

* * *

Ficará para sempre com nitidez em minha memória porque foi simples e sem circunstâncias inúteis. Irene tricotava em seu quarto, eram oito da noite e de repente tive a ideia de pôr a chaleira no fogo para esquentar água para o mate. Segui pelo corredor até diante da porta de carvalho entreaberta e ia virando para me dirigir à cozinha quando ouvi um barulho na sala de jantar ou na biblioteca. O barulho chegava impreciso e surdo, como uma cadeira que cai sobre o tapete ou um sussurro abafado de pessoas conversando. Também o ouvi, ao mesmo tempo ou um segundo depois, ao fundo do corredor que levava daqueles aposentos até a porta. Me joguei de encontro à porta antes que fosse tarde demais, fechei-a de golpe apoiando o corpo; felizmente a chave estava na fechadura de nosso lado da porta; para maior segurança, passei o ferrolho.

Fui até a cozinha, esquentei água, e quando voltei com a bandeja do mate falei para Irene:

— Tive que fechar a porta do corredor. A parte do fundo foi tomada.

Ela deixou cair o trabalho e olhou para mim com graves olhos cansados.

— Tem certeza?

Confirmei com a cabeça.

— Então — disse ela recolhendo as agulhas — teremos de viver deste lado.

Eu cevava o mate com muito cuidado, mas ela demorou um pouco a retomar o tricô. Lembro-me de que estava fazendo um colete cinza; eu gostava daquele colete.

Nos primeiros dias achamos penoso porque ambos havíamos deixado na parte tomada muitas coisas de que gostávamos. Meus livros de literatura francesa, por exemplo, estavam todos na biblioteca. Irene sentia falta de certas toalhinhas e de um par de pantufas que muito a agasalhavam no inverno. Eu pensava em meu cachimbo de zimbro e acho que Irene se lembrou de um frasco muito antigo de Hesperidina. Era frequente (mas isso só aconteceu nos primeiros dias) fecharmos uma gaveta das cômodas e olharmos tristemente um para o outro.

— Não está aqui.

E era mais uma de todas as coisas que havíamos deixado do outro lado da casa.

Mas também tivemos proveitos. A limpeza se simplificou tanto que mesmo nos levantando muito tarde, às nove e meia por exemplo, antes das onze já estávamos de braços cruzados. Irene se habituou a ir comigo para a cozinha e ajudar na preparação do almoço. Pensamos bem, e ficou decidido o seguinte: enquanto eu preparava o almoço, Irene cozinharia pratos que comeríamos frios, à noite. Ficamos felizes porque era sempre incômodo ter de sair de nossos quartos ao entardecer para ir cozinhar. Agora o assunto ficava resolvido com a mesa no quarto de Irene e as travessas com fiambres.

Irene estava satisfeita porque lhe restava mais tempo para tricotar. Eu andava um pouco perdido por causa dos livros, mas para não atormentar minha irmã comecei a conferir a coleção de selos de papai, e isso serviu para matar o tempo. Nos divertíamos muito, cada um com suas coisas, quase sempre juntos no quarto de Irene, que era mais cômodo. Às vezes Irene dizia:

— Olhe só esse ponto que eu inventei. Não dá um desenho de trevo?

Um pouco depois era eu que punha diante dos olhos dela um quadradinho de papel para que ela apreciasse o mérito de algum selo de Eupen e Malmédy. Estávamos bem, e pouco a pouco começávamos a não pensar. É possível viver sem pensar.

(Quando Irene sonhava em voz alta eu imediatamente despertava. Nunca consegui me acostumar com aquela voz de estátua ou de papagaio, voz que vem dos sonhos e não da garganta. Irene dizia que meus sonhos consistiam em grandes estremecimentos que às vezes derrubavam o cobertor. Nossos quartos ficavam separados pelo living, mas à noite dava para ouvir tudo o que acontecia na casa. Nós nos ouvíamos respirar, tossir, pressentíamos o gesto dirigido ao interruptor da lâmpada de cabeceira, as mútuas e frequentes insônias.

Fora isso, tudo se calava na casa. Durante o dia eram os barulhos domésticos, a fricção metálica das agulhas de tricô, um rangido ao virar as páginas do álbum filatélico. A porta de carvalho, creio que já falei, era maciça. Na cozinha e no banheiro, situados no limite da parte tomada, começávamos a falar em voz mais alta ou então Irene cantava canções de ninar. Numa cozinha há muito barulho de louça e vidros para que nela irrompam outros sons. Raríssimas vezes permitíamos ali o silêncio, mas, quando voltávamos para os quartos e para o living, a casa ficava calada e a meia-luz, chegávamos a pisar mais devagar para não nos perturbar. Acho que era por isso que à noite, quando Irene começava a sonhar em voz alta, eu imediatamente despertava.)

É quase repetir a mesma coisa, exceto pelas consequências. À noite sinto sede, e antes de nos deitar eu disse a Irene que iria até a cozinha buscar um copo d'água. Da porta do quarto (ela estava fazendo tricô) ouvi barulho na cozinha; não sei se na cozinha ou no banheiro, porque o ângulo do corredor abafava o som.

Irene percebeu a maneira brusca como me detive e veio para perto de mim sem dizer palavra. Ficamos escutando os barulhos, notando claramente que eles vinham do lado de cá da porta de carvalho, da cozinha ou do banheiro, ou até do próprio corredor onde começava o ângulo quase ao lado de onde estávamos.

Nem sequer olhamos um para o outro. Apertei o braço de Irene e a fiz correr comigo até a porta de folha dupla, sem nos virar para ver. Os ruídos haviam aumentado de volume, mas sempre surdos, às nossas costas. Fechei a porta com um gesto brusco e ficamos no saguão. Agora não se ouvia mais nada.

— Tomaram o lado de cá — disse Irene. O pedaço tricotado pendia de suas mãos e os fios iam até a porta de folha dupla e desapareciam por baixo dela. Ao ver que os novelos haviam ficado do outro lado, Irene soltou o tricô sem olhar para ele.

— Você teve tempo de trazer alguma coisa? — perguntei inutilmente.

— Não, nada.

Estávamos com a roupa do corpo. Me lembrei dos quinze mil pesos no armário de meu quarto. Tarde demais.

Como o relógio de pulso havia ficado comigo, vi que eram onze da noite. Envolvi com o braço a cintura de Irene (acho que ela estava chorando) e saímos assim para a rua. Antes de nos afastar me deu pena, fechei bem a porta de entrada e joguei a chave no bueiro. Vai que algum pobre-diabo tivesse a ideia de roubar e entrasse na casa, àquela hora e com a casa tomada.

Carta a uma senhorita em Paris

Andrée, eu não queria vir morar em seu apartamento da rua Suipacha. Não tanto pelos coelhinhos, é mais porque me dá pena entrar numa ordem estabelecida, já construída nas mais finas malhas do ar, essas que em sua casa preservam a música da lavanda, o adejar de uma pluma para pó de arroz, o jogo do violino e da viola no quarteto de Rará. Me entristece entrar num recinto onde alguém que vive lindamente arrumou tudo como uma reiteração visível de sua alma, aqui os livros (de um lado em espanhol, do outro em francês e inglês), ali as almofadas verdes, naquele lugar preciso da mesinha o cinzeiro de cristal que parece o corte de uma bolha de sabão, e sempre um perfume, um som, um crescer de plantas, uma fotografia do amigo morto, ritual de bandejas com chá e pequenas pinças para o açúcar. Ah, querida Andrée, que difícil se opor, mesmo a aceitando com total submissão do próprio ser, à ordem minuciosa que uma mulher instaura em sua leve residência. Quão culposo agarrar uma xicrinha de metal e depositá-la na outra ponta da mesa, depositá-la ali simplesmente porque chegamos com nossos dicionários ingleses e é daquele lado, ao alcance da mão, que eles precisam estar. Tirar a xicrinha do lugar equivale a um horrível vermelho inesperado no meio de uma modulação de Ozenfant, como se de repente as cordas de todos os contrabaixos arrebentassem ao mesmo tempo com a mesma tremenda chicotada no instante mais recolhido de uma sinfonia de Mozart. Tirar a xicrinha do lugar altera o jogo de relações da casa inteira, de cada objeto com outro, de cada momento de sua alma com a alma inteira da casa e sua moradora distante. E eu não consigo aproximar os dedos de um livro, tocar de leve o cone de luz de uma lâmpada, destapar a caixa de música, sem que um sentimento de ultraje e desafio me passe pelos olhos como um bando de pardais.

A senhora sabe por que vim até sua casa, até seu tranquilo salão de meio-dia, tão solicitado. Tudo parece tão natural, como sempre que se desconhece a verdade. A senhora viajou para Paris, eu fiquei com o apartamento da rua Suipacha, elaboramos um plano de mútua convivência simples e satisfatório até que setembro a traga de volta a Buenos Aires e me lance a alguma outra casa onde talvez... Mas não é por isso que lhe escrevo, envio-lhe esta carta em razão dos coelhinhos, parece-me correto informá--la; e porque gosto de escrever cartas e talvez por estar chovendo.

Eu me mudei na quinta-feira passada às cinco da tarde, entre névoa e tédio. Já fechei tantas malas na vida, passei tantas horas arrumando bagagens que não levavam a lugar nenhum, que a quinta-feira foi um dia cheio de sombras e correias, porque quando vejo as correias das malas é como se visse sombras, elementos de um chicote que me golpeia indiretamente, da maneira mais sutil e mais horrível. Mas fiz as malas, avisei sua criada que viria instalar-me e subi pelo elevador. Exatamente entre o primeiro e o segundo andar, senti que ia vomitar um coelhinho. Eu nunca havia lhe falado nisso antes, não pense que por deslealdade, mas é natural que a pessoa não comece a explicar aos outros que de vez em quando vomita um coelhinho. Como o fato sempre se passou comigo quando estou sozinho, guardei-o tal como se guardam tantos registros do que sucede (ou fazemos suceder) na total privacidade. Não me recrimine, Andrée, não me recrimine. De vez em quando me acontece de vomitar um coelhinho. Isso não é razão para não morar em qualquer casa, não é razão para que devamos nos envergonhar e isolar-nos e manter o bico calado.

Quando sinto que vou vomitar um coelhinho, ponho os dedos na boca como uma pinça aberta e aguardo até sentir na garganta a lanugem morna que sobe como uma efervescência de sal de frutas. Tudo é veloz e higiênico, transcorre num instante brevíssimo. Retiro os dedos da boca e neles trago seguro pelas orelhas um coelhinho branco. O coelhinho parece contente, é um coelhinho normal e perfeito, só que muito pequeno, pequeno como um coelhinho de chocolate, só que branco e inteiramente um coelhinho. Ponho-o na palma da mão, arrepio sua lanugem com uma carícia dos dedos, o coelhinho parece satisfeito de haver nascido e se remexe e gruda o focinho em minha pele, movendo-o com aquela trituração silenciosa e cosquenta do focinho de um coelho na pele de uma mão. Procura o que comer e então eu (falo de quando isso acontecia na minha casa do arrabalde) vou com ele para o balcão e o ponho no grande vaso onde cresce o trevo que semeei para esse fim. O coelhinho levanta bem as orelhas, envolve um trevo tenro com um veloz molinete do focinho, e sei que posso deixá-lo ali e me afastar, prosseguir durante algum tempo com uma vida que não difere da de tantos que compram seus coelhos nas granjas.

Entre o primeiro e o segundo andar, Andrée, como um prenúncio do que seria minha vida em sua casa, percebi que ia vomitar um coelhinho. Logo depois tive medo (ou era estranheza? Não, medo da própria estranheza, digamos) porque antes de sair de minha casa, apenas dois dias antes, eu havia vomitado um coelhinho e estava certo de que durante um mês, cinco semanas, quem sabe seis, com um pouco de sorte. Veja bem, eu estava com o problema dos coelhinhos inteiramente sob controle. Semeava trevo no balcão de minha outra casa, vomitava um coelhinho, deixava-o no trevo e um mês depois, quando me parecia que de um momento a outro... então eu dava o coelho já crescido de presente à sra. de Molina, que acreditava num hobby e nada dizia. Em outro vaso já vinha crescendo um trevo tenro e propício, eu aguardava sem preocupação a manhã em que a cócega de uma lanugem subindo me fechava a garganta, e o novo coelhinho repetia a partir daquele momento a vida e os hábitos do anterior. Os hábitos, Andrée, são formas concretas do ritmo, são a cota de ritmo que nos ajuda a viver. Não era tão terrível vomitar coelhinhos uma vez que se havia entrado no ciclo invariável, no método. A senhora haverá de querer saber por que esse trabalho todo, por que todo esse trevo e a sra. de Molina. Teria sido preferível matar o coelhinho logo depois e... Ah, seria preciso que a senhora vomitasse um, um só, que o segurasse entre dois dedos e o pusesse sobre a mão aberta, ainda preso à senhora pelo próprio ato, pela aura inefável de sua proximidade recém-rompida. Um mês distancia tanto; um mês é tamanho, longos pelos, saltos, olhos selvagens, diferença absoluta. Andrée, um mês é um coelho, faz de fato um coelho; mas o minuto inicial, quando o corpo morno e fremente encobre uma presença inalienável... Como um poema nos primeiros minutos, o fruto de uma noite de Idumeia: tão nosso quanto nós mesmos... e depois tão não nosso, tão isolado e distante em seu plano mundo branco tamanho carta.

 Resolvi-me, apesar de tudo, a matar o coelhinho assim que ele nascesse. Eu moraria em sua casa durante quatro meses: quatro — talvez, com sorte, três — colheradas de álcool no focinho. (A senhora sabia que a piedade permite matar instantaneamente um coelhinho fazendo-o beber uma colherada de álcool? Sua carne fica imediatamente mais saborosa, dizem, embora eu... Três ou quatro colheradas de álcool, depois o banheiro ou um pacote no meio dos resíduos domésticos.)

Quando passei pelo terceiro andar o coelhinho se movia sobre minha mão aberta. Sara esperava em cima para me ajudar com as malas... Como lhe explicar que um capricho, uma lojinha de animais? Enrolei o coelhinho em meu lenço, guardei-o no bolso do sobretudo deixando o sobretudo aberto para não apertá-lo. Mal se movia. Sua miúda consciência devia estar lhe revelando fatos importantes: que a vida é um movimento para cima com um clique final, e que é também um céu raso, branco, envolvente e com cheiro de lavanda, no fundo de um poço morno.

Sara não viu nada, estava completamente fascinada pelo árduo problema de adaptar seu sentido de ordem a minha mala-armário, meus papéis e minha displicência diante de suas elaboradas explicações, nas quais aparece muito a expressão "por exemplo". Assim que pude, me tranquei no banheiro; matá-lo em seguida. Uma fina zona de calor rodeava o lenço, o coelhinho era branquíssimo e acho que mais bonito que os outros. Não olhava para mim, simplesmente fremia e estava feliz, o que era a maneira mais horrível de olhar para mim. Tranquei-o no armarinho vazio e voltei para desfazer a mala, desorientado porém não infeliz, sem me sentir culpado, sem ficar lavando as mãos para retirar delas uma última convulsão.

Compreendi que não podia matá-lo. Mas naquela mesma noite vomitei um coelhinho preto.

E dois dias depois um branco. E na quarta noite um coelhinho cinza.

A senhora deve gostar muito do belo armário de seu quarto, com a grande porta que se abre, generosa, as prateleiras vazias à espera de minha roupa. Agora é lá que eles estão. Lá dentro. É verdade que parece impossível; nem Sara acreditaria. Porque Sara não desconfia de nada, e não desconfia em decorrência de minha horrível tarefa, uma tarefa que consome meus dias e minhas noites num só golpe de rastilho e vai me calcinando por dentro e endurecendo como aquela estrela-do-mar que a senhora pôs sobre a banheira e que a cada banho que se toma parece que enche nosso corpo de sal e chibatadas de sol e grandes rumores das profundezas.

Durante o dia eles dormem. São dez. Durante o dia eles dormem. Com a porta fechada, o armário é uma noite diurna somente para eles: ali eles dormem sua noite com tranquila obediência. Quando vou para o trabalho, levo as chaves do quarto. Sara deve achar que desconfio de sua honestidade e olha para mim com ar de dúvida, toda manhã se percebe que está a ponto de me dizer alguma coisa, mas no fim se cala e fico bem contente. (Quando ela arruma o quarto, entre nove e dez da manhã, faço barulho na sala, ponho um disco de Benny Carter que ocupa a atmosfera toda, e como Sara também é amiga de saetas e pasodobles, o armário parece silencioso e decerto está, porque para os coelhinhos a noite e o descanso já estão em curso.)

O dia deles começa no horário que se segue ao jantar, quando Sara retira a bandeja com um miúdo tilintar de pinças para o açúcar, me deseja boa-noite — sim, ela me deseja boa-noite, Andrée, o mais amargo de tudo é que ela me deseja boa-noite — e se tranca em seu quarto, e de repente fico eu sozinho, sozinho com o armário condenado, sozinho com meu dever e minha tristeza.

Deixo-os sair, precipitar-se ágeis ao assalto da sala, farejando buliçosos o trevo que meus bolsos ocultavam e que agora está sobre o tapete, um rendilhado efêmero que eles alteram, removem, liquidam num instante. Comem bem, silenciosos e corretos, até o momento nada tenho a dizer, apenas olho para eles do sofá, com um livro inútil na mão — eu que queria ler todos os seus Giraudoux, Andrée, e a história argentina de López que a senhora guarda na prateleira de baixo —; e comem o trevo.

São dez. Quase todos brancos. Erguem a morna cabeça na direção das lâmpadas do salão, os três sóis imóveis de seu dia, eles que amam a luz porque sua noite não tem lua nem estrelas nem postes de luz. Olham seu triplo sol e ficam felizes. E é assim que eles saltam pelo tapete, vão para cima das cadeiras, dez manchas leves se transferem como uma móvel constelação, de um lado para outro, enquanto eu gostaria de vê-los quietos, vê-los a meus pés e quietos — um pouco o sonho de todo deus, Andrée, o sonho nunca realizado dos deuses —, e não assim, insinuando-se por trás do retrato de Miguel de Unamuno, ao redor da jarra verde-clara, pela negra cavidade da escrivaninha, sempre menos de dez, sempre seis ou oito, e eu perguntando-me onde andarão os dois que faltam, e se por alguma razão Sara se levantasse, e a presidência de Rivadavia que eu tinha vontade de ler na história de López.

Não sei como eu resisto, Andrée. A senhora há de se lembrar que vim para sua casa com o objetivo de descansar. Não é culpa minha se de vez em quando vomito um coelhinho, se a mudança também me alterou por dentro — não é nominalismo, não é magia, só que as coisas não podem variar assim de repente, às vezes as coisas viram brutalmente e quando a senhora esperava que a bofetada viesse da direita. Assim, Andrée, ou de outro modo, mas sempre assim.

Escrevo-lhe à noite. São três da tarde, mas lhe escrevo sobre eles à noite. Durante o dia eles dormem. Que alívio este escritório repleto de gritos, ordens, máquinas de escrever Royal, vice-presidentes e mimeógrafos! Que alívio, que paz, que horror, Andrée! Agora estão me chamando ao telefone, são os amigos preocupados com minhas noites recolhidas, é Luis me convidando para caminhar ou Jorge dizendo que está com uma entrada de concerto para me dar. Quase não ouso dizer-lhes que não, invento histórias prolongadas e ineficazes de má saúde, de traduções atrasadas, de evasão. E quando volto e subo pelo elevador — no trecho entre o primeiro e o segundo andar —, todas as noites formulo para mim mesmo irremediavelmente a esperança vã de que não seja verdade.

Faço o que posso para que eles não destruam suas coisas. Roeram um pouco os livros da prateleira de baixo, a senhora verá que estão escondidos para que Sara não perceba. A senhora gostava muito de seu abajur com suporte de porcelana cheio de borboletas e cavaleiros antigos? Mal se notam as emendas, trabalhei a noite inteira com um cimento especial que me venderam numa loja inglesa — como a senhora sabe, as lojas inglesas vendem os melhores cimentos — e agora fico sempre ao lado dele para que nenhum consiga tocá-lo de novo com as patas (é quase bonito ver como eles gostam de ficar de pé, nostalgia do humano distante, quem sabe imitação de seu deus ambulando e olhando para eles de cara feia; além disso a senhora deve ter percebido — quem sabe em sua infância — que é possível deixar um coelhinho de castigo por horas e horas, virado para a parede, de pé, patinhas apoiadas e muito quieto).

Às cinco da manhã (dormi um pouco, atirado no sofá verde, acordando a cada corrida abafada, a cada tilintar) eu os ponho no armário e faço a limpeza. Por isso Sara encontra tudo no lugar, embora às vezes eu perceba nela um certo assombro contido, um ficar olhando para algum objeto, uma leve descoloração do tapete, e de novo a vontade de me perguntar alguma coisa, mas eu assobiando as variações sinfônicas de Franck, de modo que xongas. Para que contar a ela, Andrée, as minúcias desventuradas desse amanhecer surdo e vegetal, no qual me locomovo semiadormecido recolhendo cabos de trevo, folhas soltas, lanugens brancas, colidindo com os móveis, louco de sono, e meu Gide se atrasando, Troyat que não traduzi, e minhas respostas a uma senhora distante que já deve estar se perguntando se... para que ir em frente com tudo isso, para que ir em frente com esta carta que escrevo entre telefonemas e entrevistas.

Andrée, querida Andrée, meu consolo é que são dez e ficou por aí. Há quinze dias segurei na palma da mão um último coelhinho, depois mais nada, só os dez comigo, sua diurna noite e crescendo, já feios e com o pelo comprido nascendo, já adolescentes e cheios de urgências e caprichos, saltando sobre o busto de Antínoo (é Antínoo, não é, esse moço que olha cegamente?) ou perdendo-se no living, onde seus movimentos criam ruídos ressonantes, tanto que de lá é preciso expulsá-los, de medo de que Sara os ouça e me apareça horripilada, talvez de camisola — porque Sara deve ser assim, de camisola — e aí... Só dez, a senhora imagine essa pequena alegria que eu tenho no meio de tudo, a crescente calma com que transponho ao voltar os rígidos céus do primeiro e do segundo andar.

Interrompi esta carta porque precisava participar de uma reunião dos grupos de trabalho. Retomo-a aqui em sua casa, Andrée, envolto pelo cinza surdo do amanhecer. Estamos de fato no dia seguinte, Andrée? Um pedaço em branco da página será, para a senhora, o intervalo, somente a ponte que une minha letra de ontem a minha letra de hoje. Dizer-lhe que nesse intervalo tudo se partiu, onde a senhora vê a ponte fácil eu ouço quebrar-se a cintura furiosa da água, para mim este lado do papel, este lado de minha carta não prossegue a calma com que eu vinha lhe escrevendo quando a interrompi para tomar conta de uma tarefa do setor de encargos. Em sua cúbica noite sem tristeza dormem onze coelhinhos; quem sabe agora mesmo, mas não, agora não. No elevador, logo, ou ao entrar; já não importa onde, se o quando é agora, se pode ser em qualquer agora dos que me restam.

Já chega, escrevi isto porque para mim é importante provar para a senhora que não fui tão culpado assim pela destruição insanável de sua casa. Deixarei esta carta a sua espera, seria sórdido que o serviço postal a entregasse à senhora em alguma clara manhã de Paris. Esta noite inverti a posição dos livros da segunda estante; já estavam ao alcance deles, em pé ou saltando, roeram as lombadas para afiar os dentes — não por fome, têm todo o trevo que compro para eles e que armazeno nas gavetas da escrivaninha. Arrebentaram as cortinas, o forro das poltronas, a borda do autorretrato de Augusto Torres, encheram o tapete de pelos, e além disso gritaram, posicionaram-se em círculo sob a luz do abajur, em círculo e como se me adorassem e de repente gritavam, gritavam como acredito que coelhos não gritem.

Em vão tentei retirar os pelos que estragam o tapete, alisar a borda do pano roído, trancá-los novamente no armário. O dia sobe, talvez Sara se levante logo. É quase estranho que eu não me preocupe com Sara. É quase estranho que eu não me preocupe vendo-os saltitar em busca de brinquedos. Não tive tanta culpa, a senhora verá ao chegar que muitos dos escombros estão bem reparados com o cimento que comprei numa loja inglesa, fiz o que pude para evitar que a senhora se zangasse... Quanto a mim, do dez ao onze há uma espécie de buraco intransponível. Veja a senhora: dez estava bem, com um armário, trevo e esperança, quantas coisas era possível construir. Com onze já não, porque dizer onze é certamente dizer doze, Andrée, doze que há de virar treze. Então chega o amanhecer e uma fria solidão na qual cabem a alegria, as lembranças, a senhora e talvez muitos mais. Esse balcão sobre a Suipacha está repleto de aurora, dos primeiros sons da cidade. Não creio que tenham maior dificuldade em recolher onze coelhinhos salpicados sobre os paralelepípedos, talvez nem cheguem a tomar conhecimento deles, atarefados com o outro corpo que convém retirar de uma vez, antes que passem os primeiros estudantes.

Distante
Diário de Alina Reyes

12 DE JANEIRO

Esta noite aconteceu de novo, eu tão cansada de pulseiras e farândolas, de *pink champagne* e da cara do Renato Viñes, ai aquela cara de foca balbuciante, de retrato de Dorian Gray no finzinho. Fui me deitar com gosto de bombom de menta, do Boogie do Banco Vermelho, de mamãe bocejada e cinzenta (do jeito que ela fica ao voltar das festas, cinzenta e caindo de sono, peixe enormíssimo e tão não ela).
Nora que diz que dorme com luz, com barulho, entre os apelos crônicos da irmã ainda tirando a roupa. Que felizes elas são, eu apago as luzes e as mãos, me dispo aos gritos do que é diurno e se move, quero dormir e sou um sino horrendo tocando, uma onda, a corrente que Rex arrasta a noite inteira de encontro aos ligustros. *Now I lay me down to sleep...* Preciso repetir versos, ou o sistema de encontrar palavras com *a*, depois com *a* e *e*, com as cinco vogais, com quatro. Com duas e uma consoante (asa, oca), com três consoantes e uma vogal (trás, gris) e

de novo versos, a lua desceu à frágua com seus babados de nardos, o menino olha olha, o menino a está olhando. Com três e três alternadas, cabala, laguna, animal; Ulisses, rajada, repouso.

Passo horas assim: de quatro, de três e dois, e mais tarde palíndromos. Os fáceis, *salta Lenín el atlas*; *amigo, no gima*; os mais difíceis e lindos, *átale, demoníaco Caín, o me delata*; *Anás usó tu auto, Susana*. Ou os preciosos anagramas: Salvador Dalí, Avida Dollars; Alina Reyes, *es la reina y*... Tão lindo, este, porque abre um caminho, porque não conclui. Porque *la reina y*...

Não, horrível. Horrível porque abre caminho para essa que não é a rainha e que de novo eu odeio à noite. Para essa que é Alina Reyes mas não é a rainha do anagrama; que pode ser qualquer coisa, mendiga em Budapeste, frequentadora de casa de má fama em Jujuy ou empregadinha em Quetzaltenango, em qualquer lugar remoto, e não rainha. Mas sim Alina Reyes, e por isso ontem à noite aconteceu de novo, senti-la e o ódio.

20 DE JANEIRO

Às vezes sei que está com frio, que sofre, que a espancam. Posso somente odiá-la tanto, detestar as mãos que a jogam ao chão e também a ela, a ela mais ainda porque a espancam, porque sou eu e a espancam. Ah, não me desespera tanto quando estou dormindo ou corto um vestido ou está na hora de mamãe receber visitas e eu sirvo o chá à sra. de Regules ou ao menino dos Rivas. Aí fico menos incomodada, é um pouco assunto pessoal, eu comigo; sinto-a mais dona de sua desgraça, distante e solitária mas dona. Que sofra, que congele; eu me seguro daqui, e acho que com isso a ajudo um pouco. É como fazer curativos para um soldado que ainda não foi ferido e sentir tal gratidão, que ele está sendo aliviado desde antes, previdentemente.

Ela que sofra. Dou um beijo na sra. de Regules, o chá ao menino dos Rivas, e me preparo para resistir por dentro. Digo a mim mesma: "Agora estou atravessando uma ponte gelada, agora a neve entra em meus sapatos furados". Não que eu sinta alguma coisa. Apenas sei que é assim, que em algum lugar atravesso uma ponte no exato instante (mas não sei se é no exato instante) em que o menino dos Rivas aceita o chá que lhe ofereço e faz sua melhor cara de doido. E resisto sem problema porque estou sozinha entre essas pessoas sem sentido e não me desespera tanto. Ontem à noite Nora ficou feito uma tonta, disse: "Mas o que está acontecendo com você?". Estava acontecendo com aquela, comigo tão longe. Uma coisa horrível deve ter acontecido com ela, estava sendo espancada ou se sentia doente, e justamente quando Nora ia cantar Fauré e eu ao piano, tão feliz olhando para Luis María de cotovelo apoiado na cauda que funcionava como uma espécie de moldura, ele me olhando contente com cara de cachorrinho, esperando para ouvir os acordes, os dois tão próximos e tão nos amando. Assim é pior, quando fico sabendo de alguma coisa nova a respeito dela bem na hora em que estou dançando com Luis María, beijando-o ou simplesmente perto de Luis María. Porque de mim, a distante, ninguém gosta. É a parte de que não gostam, e como não vou ficar aniquilada por dentro se sinto que estão me espancando ou que a neve entra em meus sapatos quando Luis María está dançando comigo e sua mão em minha cintura vai subindo como um calor ao meio-dia, um sabor de laranjas fortes ou bambus chicoteados, e ela sendo espancada e é impossível resistir e então sou obrigada a dizer a Luis María que não estou me sentindo bem, que é a umidade, umidade dessa neve que não sinto, que não sinto e que entra em meus sapatos.

25 DE JANEIRO

Claro, Nora veio falar comigo e foi uma cena. "Queridinha, é a última vez que lhe peço para me acompanhar ao piano. Fizemos um papelão." Eu não sabia nada de papelões, acompanhei-a como pude, me lembro de ouvi-la em surdina. *Votre âme est un paysage choisi...* mas via minhas mãos entre as teclas e tinha a sensação de que elas tocavam bem, de que acompanhavam Nora honestamente. Luis María também olhou para minhas mãos, coitadinho, acho que era porque não tinha coragem de me olhar no rosto. Devo ficar muito estranha.

Coitada da Norita, ela que arrume outra para acompanhá-la. (Isso está parecendo cada vez mais um castigo, agora só me conheço lá quando vou ser feliz, quando sou feliz, quando Nora canta Fauré me conheço lá e só fica o ódio.)

NOITE

Às vezes é ternura, uma súbita e necessária ternura para com a que não é rainha e anda por aí. Eu gostaria de enviar um telegrama para ela, encomendas, saber que seus filhos estão bem ou que não tem filhos — porque acho que lá não tenho filhos — e precisa de aconchego, piedade, balas. Ontem à noite adormeci confabulando mensagens, pontos de encontro. Vou quinta stop me espere ponte. Que ponte? Ideia que volta como volta Budapeste, acreditar na mendiga de Budapeste onde há tanta ponte e neve à beça. Então ergui o corpo rígida na cama e quase uivo, quase vou correndo acordar mamãe, mordê-la para que acorde. Unicamente por pensar. Ainda não é fácil dizer. Unicamente por pensar que eu poderia partir agora mesmo para

Budapeste, se realmente me desse na veneta. Ou para Jujuy, ou para Quetzaltenango. (Fui buscar esses nomes páginas atrás.) Não valem, seria o mesmo que dizer Tres Arroyos, Kobe, Florida na altura do quatrocentos. Fica apenas Budapeste porque *é lá* que está o frio, é lá que me espancam e me ofendem. É lá (sonhei isso, não passa de sonho, mas como gruda e se insinua na direção da vigília) que há uma pessoa chamada Rod — ou Erod, ou Rodo —, e ele me espanca e eu o amo, não sei se o amo mas permito que me espanque, isso volta todo dia, então não há dúvida de que o amo.

MAIS TARDE

Mentira. Sonhei Rod ou o construí com uma imagem qualquer de sonho, já usada e na mira. Não existe Rod, decerto lá sou castigada, mas quem sabe se por um homem, uma mãe furiosa, uma solidão.

Sair a minha procura. Dizer a Luis María: "Vamos nos casar e você me leva até Budapeste, até uma ponte onde há neve e uma pessoa". Digo: e se eu estiver? (Porque tudo eu penso com a secreta vantagem de não querer acreditar a fundo. E se eu estiver?) Bom, se eu estiver... Mas apenas louca, apenas... Que lua de mel!

28 DE JANEIRO

Me ocorreu uma coisa curiosa. Faz três dias que não chega nada da distante. Talvez agora não a estejam espancando, ou ela tenha encontrado um refúgio. Mandar-lhe um telegrama, um par de meias... Me ocorreu uma coisa curiosa. Eu estava chegando à terrível cidade e era à tarde, uma tarde verdosa e áquea como nunca são as tardes se não as ajudamos pensando-as. Para os lados da Dobrina Stana, na perspectiva Skorda, cavalos eriçados de estalagmites e policiais rígidos, fogueiras fumegantes e rajadas de vento assoberbando as janelas. Andar pela Dobrina a passo de turista, o mapa no bolso do terninho azul (esse frio todo e deixar o casaco em Burglos), até chegar a uma praça ao lado do rio, quase sobre o rio troante de gelos partidos e barcaças e um ou outro martim-pescador que lá se chama *sbunáia tjéno* ou coisa pior.

Depois da praça imaginei que viesse a ponte. Pensei isso e quis ficar por ali. Era a tarde do concerto de Elsa Paggio de Tarelli no Odeón, vesti-me a contragosto desconfiando que depois me esperaria a insônia. Esse pensar à noite, tão à noite... Sabe-se lá se não acabaria comigo. Inventam-se nomes ao viajar pensando, relembra-os na hora. Dobrina Stana, *sbunáia tjéno*, Burglos. Mas não sei o nome da praça, é um pouco como se de fato eu tivesse chegado a uma praça de Budapeste e estivesse perdida por não saber seu nome; lá onde um nome é uma praça.

Já vou, mamãe. Chegaremos bem a seu Bach e a seu Brahms. É um caminho tão simples. Sem praça, sem Burglos. Aqui nós, lá Elsa Piaggio. Que triste ter me interrompido, saber que estou numa praça (mas isso já não é uma certeza, simplesmente o penso e isso é menos que nada). E que ao final da praça começa a ponte.

NOITE

Começa, continua. Entre o fim do concerto e o primeiro bis encontrei o nome dela e o caminho. Praça Vladas, ponte dos Mercados. Pela praça Vladas prossegui até o nascimento da ponte, um pouco andando e querendo às vezes me deter em casas ou vitrines, em meninos agasalhadíssimos e fontes com altos heróis de embranquecidas pelerines, Tadeo Alanko e Vladislas Néroy, bebedores de tokay e cimbalistas. Eu via os cumprimentos a Elsa Piaggio entre um Chopin e outro Chopin, coitadinha, e de minha plateia se saía abertamente para a praça, com a entrada da ponte entre vastíssimas colunas. Mas isso eu pensava, atenção, tal como anagramar *es la reina y*... em vez de Alina Reyes, ou de imaginar mamãe na casa dos Suárez e não mais ao meu lado. É bom não entrar na viagem: isso é coisa minha, simplesmente uma coisa que me deu na veneta, na absoluta veneta. Absoluta porque Alina, francamente — não o resto, não aquilo de senti-la passar frio ou ser maltratada. Isso me apeteceu e vou atrás por gosto, por saber onde vou parar, para ficar sabendo se Luis María me leva a Budapeste, se nós dois casamos e se peço a ele que me leve a Budapeste. Mais fácil sair em busca dessa ponte, sair em busca de mim e encontrar-me como agora, porque já avancei até a metade da ponte entre gritos e aplausos, entre "Albéniz!" e mais aplausos e "A polonesa!", como se isso fizesse sentido entre a neve arriscada que me empurra com o vento pelas costas, mãos de toalha felpuda levando-me pela cintura na direção do centro da ponte.

(É mais cômodo falar no presente. Isso era às oito, quando Elsa Piaggio tocava o terceiro bis, acho que Julián Aguirre ou Carlos Guastavino, uma coisa com relva e passarinhos.) Mas com o tempo virei canalha, já não a respeito. Lembro-me de que um dia pensei: "É lá que me espancam, é lá que a neve entra em meus sapatos e isso eu sei na hora, quando está acontecendo comigo lá, eu sei ao mesmo tempo. Mas por que ao mesmo tempo? Vai ver que chega tarde até mim, vai ver que ainda não aconteceu. Vai ver que ela será espancada dentro de catorze anos, ou que já é uma cruz e um número no cemitério de Santa Úrsula". E eu achava bonito, possível, tão idiota. Porque por trás disso sempre se cai no tempo parelho. Se agora ela estivesse realmente entrando na ponte, sei que eu sentiria agora mesmo e daqui. Lembro-me de que me pus a olhar o rio que estava feito maionese coalhada, batendo contra os pilares, enfurecidíssimo e atroando e chicoteando. (Isso eu pensava.) Valia a pena aproximar-se do parapeito da ponte e sentir nas orelhas o gelo se partindo lá embaixo. Valia a pena ficar um pouco ali por causa da vista, um pouco pelo medo que me vinha de dentro — ou era a falta de agasalho, a neve derretida e um casaco no hotel. E além disso sou modesta, sou uma moça sem frescuras, mas venham me falar de outra que passou pela mesma coisa, que viaje para a Hungria em pleno Odeón. É uma coisa que dá frio em qualquer um, tchê, aqui ou na França.

Mas mamãe me puxava pela manga, já não havia quase ninguém na plateia. Escrevo até este ponto, sem vontade de continuar me lembrando do que pensei. Vai me fazer mal, se eu continuar me lembrando. Mas é mesmo, mesmo; pensei uma coisa curiosa.

30 DE JANEIRO

Coitado do Luis María, que trouxa, se casar comigo. Mal sabe o que vai cair em cima dele. Ou embaixo, como diz Nora, que dá uma de emancipada intelectual.

31 DE JANEIRO

Vamos até lá. Ele concordou tanto que quase grito. Senti medo, tive a sensação de que ele entra facilmente demais nesse jogo. E não sabe nada, é como o peãozinho da dama que arremata a partida sem se dar conta. O peãozinho Luis María, ao lado de sua rainha. *De la reyna y* —

7 DE FEVEREIRO

Buscando a cura. Não escreverei o final do que havia pensado no concerto. Na noite passada a senti sofrer de novo. Sei que lá me espancam de novo. Não posso evitar sabê-lo, mas chega de relatos. Se eu tivesse me limitado a deixar constância da coisa por gosto, por desafogo... Seria pior, um desejo de conhecer ao ir relendo; de encontrar chaves em cada palavra jogada no papel depois dessas noites. Como quando pensei a praça, o rio quebrado e os ruídos, e depois... Mas não o escrevo, não o escreverei nunca mais.

Ir até lá e convencer-me de que a solteirice me fazia mal, simplesmente isso, ter vinte e sete anos e sem homem. Agora terei meu cachorro, meu bobo, chega de pensar, agora é ser, ser por fim e para o bem.

E contudo, já que encerrarei este diário, porque ou a pessoa se casa ou escreve um diário, as duas coisas não funcionam juntas — por enquanto não quero me afastar dele sem dizer isso com alegria de esperança, com esperança de alegria. Vamos até lá mas não há de ser como pensei na noite do concerto. (Escrevo-o, e para o meu bem, chega de diário.) Na ponte eu a encontrarei e olharemos uma para a outra. Na noite do concerto eu sentia nas orelhas a ruptura do gelo lá embaixo. E será a vitória da rainha sobre essa aderência maligna, essa usurpação indevida e surda. Ela se submeterá, se realmente sou eu, se somará a minha zona iluminada, mas bela e certa; bastará ficar ao lado dela e apoiar uma das mãos em seu ombro.

Alina Reyes de Aráoz e esposo chegaram a Budapeste no dia 6 de abril e se hospedaram no Ritz. Isso foi dois meses antes do divórcio. Na tarde do segundo dia, Alina saiu para conhecer a cidade e seu degelo. Como gostava de andar sozinha — era rápida e curiosa —, andou por vinte lugares procurando vagamente alguma coisa, mas sem um propósito muito claro, deixando que o desejo escolhesse e se expressasse com bruscos arrancos que a levavam de uma vidraça para outra, combinando calçadas e vitrines.

Chegou à ponte e cruzou-a até o centro, andando agora com dificuldade porque a neve se opunha a seu avanço e do Danúbio cresce um vento de baixo, difícil, que envolve e fustiga. Sentia como a saia se grudava a suas coxas (não estava bem agasalhada) e de repente um desejo de voltar atrás, de regressar à cidade conhecida. No centro da ponte desolada a mulher esfarrapada de cabelo preto e liso esperava com uma coisa fixa e ávida no rosto sinuoso, na dobra das mãos um pouco fechadas mas já avançando para a outra. Alina permaneceu perto dela repetindo, agora sabia, gestos e distâncias que pareciam ocorrer depois de um ensaio geral. Sem temor, libertando-se no fim — acreditava-o com um salto terrível de júbilo e frio —, permaneceu ao lado dela e também estendeu as mãos, recusando-se a pensar, e a mulher da ponte se apertou de encontro a seu peito e as duas se abraçaram rígidas e caladas sobre a ponte, com o rio trincado batendo nas pilastras.

Doeu em Alina o fecho da bolsa, que a força do abraço lhe cravava entre os seios com uma laceração suave, suportável. Estreitava a mulher magérrima, sentindo-a inteira e absoluta dentro de seu abraço, com um montante de felicidade idêntico a um hino, a um libertar de pombas, ao rio cantando. Fechou os olhos na fusão total, vedando as sensações de fora, a luz crepuscular; repentinamente tão cansada, mas segura de sua vitória, sem celebrar porque tão seu e afinal.

Pareceu-lhe que uma das duas chorava docemente. Devia ser ela, porque sentiu a face molhada e a própria maçã do rosto doendo como se tivesse levado uma pancada naquele lugar. O pescoço também, e de repente os ombros, sobrecarregados por cansaços incontáveis. Ao abrir os olhos (talvez já gritasse), viu que se haviam separado. Agora sim gritou. De frio, porque a neve entrava em seus sapatos furados, porque a caminho da praça ia Alina Reyes lindíssima em seu terninho cinza, o cabelo um pouco solto contra o vento, sem virar o rosto e indo.

Ônibus

— Se não se incomoda, me traga *El Hogar* quando voltar — pediu a sra. Roberta, reclinando-se na poltrona para a sesta. Clara arrumava os remédios no carrinho de chá, percorria o aposento com um olhar preciso. Não faltava nada, a menina Matilde ficaria cuidando da sra. Roberta, a criada estava ao corrente do necessário. Agora podia sair, com toda a tarde do sábado só para ela, sua amiga Ana esperando-a para papear, o chá dulcíssimo às cinco e meia, o rádio e os chocolates.

Às duas, quando a maré dos empregados acaba de jorrar dos umbrais de tanto prédio, Villa del Parque fica deserta e luminosa. Clara seguiu pela Tinogasta e pela Zamudio batendo distintamente os saltos dos sapatos, saboreando um sol de novembro interrompido por ilhas de sombra que jogavam sobre seus passos as árvores da Agronomía. Na esquina da avenida San Martín com a Nogoyá, enquanto esperava o ônibus 168, ouviu uma batalha de pardais sobre a cabeça, e a torre florentina da paróquia de San Juan María Vianney lhe pareceu ainda mais vermelha contra o céu sem nuvens, alta de dar vertigem. Passou d. Luis, o relojoeiro, e cumprimentou-a apreciativo, como se elogiasse sua figura esmerada, os sapatos que a tornavam mais esbelta, a golinha branca sobre o suéter creme. Pela rua vazia aproximou-se pachorrento o 168, soltando seu seco bafejo insatisfeito ao abrir a porta para Clara, única passageira a embarcar na esquina calada da tarde.

Em busca das moedas na bolsa cheia de coisas, demorou a pagar a passagem. O cobrador esperava com cara de poucos amigos, atarracado e insolente sobre as pernas arqueadas, com muita cancha para enfrentar as curvas e freadas. Clara falou duas vezes: "De quinze", sem que o sujeito afastasse os olhos dela, como se estivesse estranhando alguma coisa. Depois entregou a ela a passagem rosa e Clara relembrou um verso da infância, uma coisa mais ou menos assim: "Picote, picote, bilheteiro, um bilhete azul ou rosa; cante, cante alguma coisa, enquanto conta o dinheiro". Sorrindo para si mesma foi sentar-se ao fundo, o assento ao lado da *Porta de Emergência* estava desocupado e ela se instalou com o miúdo prazer de proprietário que o lado da janela sempre proporciona. Então viu que o cobrador continuava olhando para ela. E na esquina da ponte da avenida San Martín, antes de dobrar, o motorista se virou e também olhou para ela, com dificuldade devido à distância mas fazendo força até visualizá-la muito afundada em seu assento. Era um louro ossudo com cara de fome que trocou algumas palavras com o cobrador, os dois olharam para Clara, olharam um para o outro, o ônibus deu um solavanco e entrou pela Chorroarín a toda a velocidade.

"Dupla de idiotas", pensou Clara sentindo-se ao mesmo tempo lisonjeada e nervosa. Ocupada guardando sua passagem na carteira, ela observou com o canto do olho a senhora com o grande buquê de cravos que viajava no assento da frente. Então a senhora olhou para ela, virou-se por cima do buquê e olhou-a docemente como uma vaca por cima de uma cerca, e Clara puxou o espelhinho e passou algum tempo absorta no estudo de seus lábios e suas sobrancelhas. Já sentia na nuca uma impressão desagradável; a suspeita de outra impertinência a levou a virar-se depressa, irritada de verdade. A dois centímetros de seu rosto estavam os olhos de um velho de colarinho duro com um buquê de margaridas compondo um cheiro quase nauseabundo. No fundo do ônibus, instalados no assento verde comprido, todos os passageiros olharam para Clara, pareciam criticar alguma coisa em Clara, que sustentou os olhares deles com um esforço crescente, sentindo que ficava cada vez mais difícil, não pela coincidência dos olhos sobre ela nem pelos buquês nas mãos dos passageiros; e sim porque havia esperado um desenlace amável, uma razão para riso, como estar com uma mancha preta no nariz (só que não estava); e sobre seu início de riso vinham pousar-se, gelando-a, aqueles olhares atentos e contínuos, como se os buquês estivessem olhando para ela.

Subitamente inquieta, escorregou um pouco o corpo, cravou os olhos no estropiado encosto dianteiro, examinando a alavanca da porta de emergência e sua inscrição *Para abrir a porta* PUXE A MANIVELA *para dentro e se levante*, considerando as letras uma a uma sem conseguir reuni-las em palavras. Desse modo conquistava uma área de segurança, uma trégua na qual pensar. É natural que os passageiros olhem para quem acabou de entrar, é normal que as pessoas levem buquês se estão a caminho do cemitério da Chacarita e é quase normal que todas as pessoas do ônibus estejam com buquês. Passavam na frente do Hospital Alvear, e do lado de Clara estendiam-se os terrenos baldios em cuja ponta mais afastada se ergue a Estrella, zona de poças sujas, cavalos amarelos com pedaços de corda pendurados no pescoço. Clara tinha dificuldade para se afastar de uma paisagem que o brilho duro do sol não conseguia alegrar, e só de vez em quando tinha coragem de dar uma olhada rápida para o interior do ônibus. Rosas vermelhas e copos-de-leite, mais adiante gladíolos horríveis, parecendo machucados e sujos, cor-de-rosa velho com manchas lívidas. O senhor da terceira janela (estava olhando para ela, agora não, agora de novo) levava cravos quase negros apertados numa única massa contínua, como uma pele enrugada. As duas mocinhas de nariz cruel sentadas à frente num dos assentos laterais levavam juntas o buquê dos pobres, crisântemos e dálias, só que não eram pobres, vestiam casquinhos bem cortados, saias xadrez, meias três-quartos brancas, e olhavam para Clara com altivez. Clara quis forçá-las a baixar os olhos, pirralhas insolentes, mas eram quatro pupilas fixas, e também o cobrador, o senhor dos cravos, o calor na nuca por causa de toda aquela gente que estava atrás, o velho do colarinho duro tão perto, os jovens do assento lá atrás, La Paternal: passagens de Cuenca valem até aqui.

Ninguém descia. O homem subiu agilmente, enfrentando o cobrador que o esperava na metade do veículo olhando para as mãos dele. O homem tinha vinte centavos na direita e com a outra alisava o casaco. Esperou, alheio ao escrutínio. "Um de quinze", ouviu Clara. Como ela: de quinze. Mas o cobrador não separava a passagem, continuava olhando para o homem que no fim percebeu e lhe dirigiu um gesto de impaciência cordial: "De quinze, já falei". Pegou a passagem e esperou o troco. Antes de recebê-lo já havia escorregado com leveza para um assento vazio ao lado do senhor dos cravos. O cobrador lhe deu os cinco centavos, olhou para ele mais um pouco, de cima, como se examinasse sua cabeça; ele nem reparava, absorto na contemplação dos cravos negros. O senhor o observava, olhou-o depressa uma ou duas vezes e ele começou a devolver-lhe o olhar; os dois mexiam a cabeça quase ao mesmo tempo, mas sem provocação, somente se olhando. Clara continuava furiosa com as garotas lá da frente, que ficavam olhando para ela durante muito tempo e depois para o novo passageiro; houve um momento, quando o 168 começava seu trajeto ao longo do paredão da Chacarita, em que todos os passageiros estavam olhando para o homem e também para Clara, só que já não olhavam diretamente para ela porque estavam mais interessados no recém-chegado, mas era como se a incluíssem em seu olhar, como se unissem os dois na mesma observação. Que coisa mais idiota essas pessoas, porque mesmo as pirralhas não eram tão meninas assim, cada um com seu buquê e seus afazeres pela frente e comportando-se daquela forma grosseira. Teria gostado de avisar o outro passageiro, uma obscura fraternidade sem razões tomava conta de Clara. Dizer a ele: "O senhor e eu compramos passagens de quinze", como se isso os aproximasse. Tocar o braço dele, aconselhá-lo: "Faça-se de desentendido, são uns impertinentes, enfiados atrás das flores deles feito uns bobos". Teria gostado que ele fosse sentar-se a seu lado, mas o rapaz — na verdade ele era jovem, embora tivesse marcas duras no rosto — se deixara cair no primeiro assento livre que encontrou a seu alcance. Com um gesto entre divertido e perturbado empenhava-se em devolver o olhar do cobrador, das duas garotas, da senhora dos gladíolos; e agora o senhor dos cravos vermelhos virara a cabeça para trás e olhava para Clara, olhava-a inexpressivamente, com uma brandura opaca e flutuante de pedra-pomes. Clara devolvia o olhar com obstinação, sentindo-se oca; sentia o impulso de descer do ônibus (mas naquela rua, àquela altura, e afinal por nada, por estar sem buquê); percebeu que o rapaz parecia inquieto, olhava para um lado e para o outro, depois para trás, e se surpreendia ao ver os quatro passageiros do assento de trás e o ancião do colarinho duro com as margaridas. Seus olhos passaram pelo rosto de Clara, detendo-se por um segundo em sua boca, em seu queixo; da frente vinham os olhares do cobrador e das duas garotinhas, da senhora dos gladíolos, até que o rapaz se virou para olhar para eles como se cedesse. Clara comparou o assédio que sofrera minutos antes com o que agora perturbava o passageiro. "E o coitado de mãos vazias", pensou absurdamente. Achava-o um tanto indefeso, somente com seus olhos para afrontar aquele fogo frio que recebia de todos os lados.

Sem se deter, o 168 entrou nas duas curvas que dão acesso à esplanada que fica na frente do peristilo do cemitério. As mocinhas vieram pelo corredor e se instalaram junto à porta de saída; atrás delas se enfileiraram as margaridas, os gladíolos, os copos-de-leite. Atrás havia um grupo confuso e as flores emitiam seu aroma para Clara, quietinha em sua janela mas tão aliviada ao ver quantos deles desciam, como estariam à vontade no trecho seguinte da viagem. Os cravos negros apareceram no alto, o passageiro havia se levantado para deixar que os cravos negros saíssem e ficou de lado, meio enfiado num assento vazio à frente do de Clara. Era um rapaz muito bonito, simples e franco, talvez um balconista de farmácia, ou um bibliotecário, ou um construtor. O ônibus se deteve suavemente e a porta se abriu com um bafejo. O rapaz esperou que as pessoas descessem para escolher um assento de seu gosto, enquanto Clara participava de sua espera paciente e incitava com o desejo os gladíolos e as rosas a descer de uma vez. Com a porta já aberta e todos em fila, olhando para ela e olhando para o passageiro, sem descer, olhando para eles entre os buquês que balançavam como se houvesse vento, um vento de debaixo da terra que movesse as raízes das plantas e agitasse os buquês em bloco. Saíram os copos-de-leite, os cravos vermelhos, os homens de trás com seus buquês, as duas garotas, o velho das margaridas. Ficaram só os dois e o 168 pareceu subitamente menor, mais cinza, mais bonito. Clara achou correto e quase necessário que o passageiro se sentasse a seu lado, embora tivesse o ônibus inteiro para escolher. Ele se sentou e os dois baixaram a cabeça e olharam para as mãos. Estavam ali, eram simplesmente mãos; nada mais.

— Chacarita! — gritou o cobrador.

Clara e o passageiro responderam a seu olhar insistente com uma simples fórmula: "Nossas passagens são de quinze". Não fizeram mais que pensá-la, e bastava.

A porta continuava aberta. O cobrador se aproximou deles.

— Chacarita — disse, quase explicativamente.

O passageiro nem olhava para ele, mas Clara ficou com pena.

— Vou até Retiro — disse, e mostrou a passagem. Picote, picote, bilheteiro, um bilhete azul ou rosa. O motorista estava quase saindo do assento, olhando para eles; o cobrador ficou indeciso, fez um sinal. Olhou para a porta de trás (ninguém havia subido na frente) e o 168 pegou velocidade com guinadas coléricas, leve e solto numa disparada que largou chumbo no estômago de Clara. Ao lado do motorista, o cobrador agora se segurava na barra cromada e olhava profundamente para eles. Eles devolviam o olhar, mantiveram-se assim até a curva de entrada em Dorrego. Depois Clara sentiu que o rapaz pousava devagar a mão sobre a sua, como aproveitando que não os pudessem ver lá da frente. Era uma mão delicada, muito morna, e ela não retirou a sua, mas começou a movê-la devagar até a ponta da coxa, quase sobre o joelho. Um vento de velocidade envolvia o ônibus em plena marcha.

— Tanta gente — disse ele, quase sem voz. — E de repente desce todo mundo.

— Iam levar flores à Chacarita — disse Clara. — Nos sábados muita gente vai aos cemitérios.

— É, mas...

— Um pouco estranho, é mesmo. O senhor percebeu...?

— Percebi — disse ele, quase não a deixando passar. — E com a senhora foi a mesma coisa, reparei.

— É estranho. Mas agora ninguém mais entra.

O veículo freou brutalmente, barreira do Central Argentino. Deixaram-se ir para diante, aliviados pela surpresa, pelo solavanco que trocava o assunto. O veículo tremia como um corpo enorme.

— Vou até Retiro — disse Clara.

— Eu também.

O cobrador não havia saído do lugar, agora falava iracundo com o motorista. Viram (sem querer reconhecer que estavam atentos à cena) como o motorista se levantava de seu assento e vinha pelo corredor na direção deles, com o cobrador imitando seus passos. Clara percebeu que os dois olhavam para o rapaz e que este ficava rígido, como se estivesse reunindo forças; suas pernas tremiam, o ombro que se apoiava no dela. Então uma locomotiva a todo o vapor uivou horrivelmente, uma fumaça preta cobriu o sol. O fragor do trem rápido encobria as palavras que o motorista devia estar dizendo; a dois assentos do deles ele estacou, agachando-se como quem se prepara para saltar. O cobrador o reteve prendendo uma das mãos em seu ombro, apontou imperioso para as barreiras que já se erguiam enquanto o último vagão passava com um estrépito de ferros. O motorista apertou os lábios e voltou correndo para seu lugar; com um solavanco de raiva o 168 encarou os trilhos, o plano inclinado oposto.

O rapaz afrouxou o corpo e deixou-se escorregar suavemente.

— Nunca me aconteceu uma coisa dessas — disse, como se falasse consigo mesmo.

Clara tinha vontade de chorar. E o choro esperava ali, disponível porém inútil. Sem nem mesmo pensá-lo, tinha consciência de que tudo estava bem, de que viajava num 168 vazio exceto por outro passageiro, e que todo protesto contra aquela ordem podia ser resolvido puxando o cordel da campainha e descendo na primeira esquina. Mas tudo estava bem assim; a única coisa que restava era a ideia de descer, de afastar aquela mão que de novo havia apertado a sua.

— Estou com medo — disse, simplesmente. — Se pelo menos eu tivesse posto umas violetas no suéter.

Ele olhou para ela, olhou para seu suéter liso.

— Eu às vezes gosto de andar com um jasmim-estrela na lapela — disse. — Hoje saí apressado e nem prestei atenção.

— Que pena. Mas na realidade vamos para Retiro.

— Isso, vamos para Retiro.

Era um diálogo, um diálogo. Cuidar dele, alimentá-lo.

— Seria possível abrir um pouco a janela? Estou ficando sufocada aqui dentro.

Ele olhou para ela surpreso porque na verdade estava até com frio. O cobrador os observava de soslaio, falando com o motorista; o 168 não havia tornado a parar depois da barreira e já estavam dando a volta na esquina da Cánning com a Santa Fe.

— A janela deste assento não abre — disse ele. — A senhora pode ver que é o único assento do carro com janela assim, por causa da porta de emergência.

— Ah — disse Clara.

— Podemos trocar de lugar.

— Não, não — ela apertou os dedos dele, detendo seu movimento de levantar-se. — Quanto menos a gente se mexer, melhor.

— Bom, mas podíamos abrir a janela do assento da frente.

— Não, por favor não.

Ele esperou, pensando que Clara ia acrescentar alguma coisa, mas ela se encolheu no assento. Agora o olhava em cheio para fugir da atração de lá da frente, daquela ira que chegava até eles como um silêncio ou um calor. O passageiro pôs a outra mão sobre o joelho de Clara e ela aproximou a dela e os dois se comunicaram obscuramente pelos dedos, pela morna carícia das palmas.

— Às vezes a gente é tão descuidada — disse Clara timidamente. — Acha que está levando tudo e sempre esquece alguma coisa.

— É que não sabíamos.
— Bom, mas mesmo assim. Ficavam me olhando, principalmente aquelas garotas, me senti tão mal.
— Elas eram insuportáveis — declarou ele. — A senhora viu como elas haviam combinado uma com a outra aquilo de cravar os olhos em nós?
— Ao fim e ao cabo, o buquê era de crisântemos e dálias — disse Clara. — Mesmo assim elas se davam ares.
— Porque os outros davam trela — afirmou ele com irritação. — O velho do meu assento com seus cravos amontoados, com aquela cara de pássaro. Os de trás é que não vi direito. A senhora acha que todos...
— Ainda bem que desceram.

Pueyrredón, freada seca. Um policial moreno se abria em cruz acusando-se de alguma coisa em sua guarita elevada. O motorista saiu do assento como se estivesse deslizando, o cobrador quis apanhá-lo pela manga mas ele se soltou com violência e veio pelo corredor, olhando-os alternadamente, encolhido e com os lábios úmidos tremendo. "Por ali dá para passar", gritou o cobrador com uma voz estranha. Dez buzinas se esganiçavam na ré do ônibus e o motorista correu para seu assento, aflito. O cobrador disse-lhe alguma coisa ao ouvido, virando-se a todo momento para olhá-los.

— Se o senhor não estivesse aqui... — murmurou Clara. — Acho que se o senhor não estivesse aqui eu teria resolvido descer.
— Mas a senhora vai a Retiro — disse ele, um tanto surpreso.
— É, preciso fazer uma visita. Não faz mal, mesmo assim eu teria descido.
— Eu comprei passagem de quinze — disse ele. — Até Retiro.
— Eu também. O problema é que se a gente desce, depois, até aparecer outro ônibus...

— Claro, e além disso pode estar lotado.
— É, pode. Hoje em dia o transporte é tão ruim... O senhor viu os metrôs?
— Uma coisa incrível. A viagem é mais cansativa que o emprego.

Um ar verde e claro flutuava no veículo, viram o rosa velho do Museu, a nova Faculdade de Direito, e o 168 acelerou mais ainda na Leandro N. Alem, como se estivesse furioso para chegar. Duas vezes foi parado por algum policial de trânsito e duas vezes o motorista quis se atirar para cima deles; na segunda delas o cobrador ficou na frente dele, impedindo-o com raiva, como a contragosto. Clara sentia seus joelhos subirem na direção do peito, e as mãos de seu companheiro a desertaram bruscamente e se cobriram de ossos salientes, de veias rígidas. Clara nunca havia visto a transformação viril da mão em punho, contemplou aqueles objetos maciços com uma humilde confiança quase perdida sob o terror. E falavam o tempo todo das viagens, das filas que é preciso fazer na Plaza de Mayo, da grosseria das pessoas, da paciência. Depois se calaram, fitando o paredão ferroviário, e seu companheiro tirou a carteira, ficou algum tempo conferindo-a, muito sério, com os dedos um pouco trêmulos.

— Falta pouco — disse Clara, endireitando o corpo. — Chegamos.
— É mesmo. Olhe, quando ele entrar em Retiro a gente levanta depressa para descer.
— Está certo. Quando ele estiver ao lado da praça.
— Isso. A parada fica antes da torre dos Ingleses. A senhora desce primeiro.
— Ah, dá no mesmo.
— Não, eu vou atrás, por via das dúvidas. Assim que a gente dobrar, me levanto e lhe dou passagem. A senhora precisa se levantar depressa e descer um dos degraus da porta; nesse momento eu me posiciono atrás.

— Está bem, obrigada — disse Clara emocionada, e os dois se concentraram no plano, estudando a localização de suas pernas, dos espaços a transpor. Viram que o 168 teria passagem livre na esquina da praça; fazendo tremerem os vidros e quase atingindo o meio-fio da praça, fez a curva a toda a velocidade. O passageiro se levantou do assento num salto e atrás dele passou, veloz, Clara, jogando-se escada abaixo enquanto ele se virava e a ocultava com o corpo. Clara olhava para a porta, para as faixas de borracha preta e os retângulos de vidro sujo; não queria ver outra coisa e tremia horrivelmente. Sentiu no cabelo o arfar do companheiro, a freada brutal jogou-os para um lado, e no mesmo momento em que a porta se abria o motorista correu pelo corredor com as mãos estendidas. Clara já saltava para a praça, e quando se virou o companheiro saltava também e a porta bufou ao fechar-se. As borrachas pretas aprisionaram uma das mãos do motorista, seus dedos rígidos e brancos. Clara viu através das janelas que o cobrador havia se jogado sobre o volante para chegar até a alavanca que fechava a porta.

Ele a tomou pelo braço e os dois avançaram rapidamente pela praça cheia de crianças e sorveteiros. Não disseram nada um para o outro, mas tremiam como se fosse de felicidade e sem se olhar. Clara se deixava guiar, percebendo vagamente a grama, os canteiros, sentindo o cheiro de um ar de rio que crescia de frente. O florista estava num dos lados da praça, e ele foi se posicionar diante do cesto montado sobre cavaletes e escolheu dois buquês de amores-perfeitos. Entregou um deles a Clara, depois a fez segurar os dois enquanto tirava a carteira e pagava. Mas ao continuar andando (ele não voltou a segurá-la pelo braço) cada um deles levava seu buquê, cada um deles ia com o seu e estava contente.

Cefaleia

Devemos à dra. Margaret L. Tyler as imagens mais belas deste conto. Seu admirável poema "Sintomas orientadores para os remédios mais comuns para vertigem e cefaleias" saiu na revista Homeopatía *(publicada pela Associação Médica Homeopática Argentina), ano XIV, n° 32, abril de 1946, pp. 33ss. Ao mesmo tempo, agradecemos a Ireneo Fernando Cruz por ter nos iniciado, durante sua viagem a San Juan, no conhecimento das mancúspias.*

Cuidamos das mancúspias até bastante tarde, agora com o calor do verão elas ficam cheias de caprichos e versatilidades, as mais atrasadas reclamam alimentação especial e lhes oferecemos aveia maltada em grandes travessas de louça; as mais velhas estão trocando a pelagem do dorso, de modo que é preciso separá-las, prender nelas uma manta como agasalho e tomar cuidado para que à noite elas não se reúnam às mancúspias que dormem em gaiolas e são alimentadas de oito em oito horas.

Não nos sentimos bem. Começou pela manhã, talvez devido ao vento quente que soprava ao amanhecer, antes de nascer esse sol alcatroado que bateu na casa o dia inteiro. Temos dificuldade para atender os animais doentes — como fazemos às onze horas — e conferir as crias depois da sesta. Parece-nos cada vez mais penoso ir em frente, seguir a rotina; temos a impressão de que uma única noite de desatenção seria funesta para as mancúspias, a derrocada irreparável de nossa vida. Então vamos em frente sem refletir, desempenhando um depois dos outros os atos que o hábito escalona, detendo-nos apenas para comer (há pedaços de pão na mesa e sobre a prateleira do living) ou olhar-nos no espelho que duplica o quarto. À noite caímos repentinamente na cama, e a tendência a escovar os dentes antes de dormir cede ao cansaço, é suficiente apenas para ser substituída por um gesto na direção do abajur ou dos remédios. Lá fora ouvem-se as mancúspias adultas andando em círculos.

Não nos sentimos bem. Um de nós é *Aconitum*, ou seja, deve medicar-se com aconitum em diluições elevadas se, por exemplo, o medo lhe provoca vertigem. *O Aconitum é uma tempestade violenta que passa depressa*. De que outro modo descrever o contra-ataque a uma ansiedade que brota de qualquer insignificância, do nada? Uma mulher encontra repentinamente um cão e começa a sentir-se violentamente nauseada. Então aconitum, e pouco depois resta apenas uma náusea leve, com tendência a recuar (isso aconteceu conosco, mas era um caso *Byronia*, o mesmo que sentir que afundávamos com, ou através da cama).

O outro, em compensação, é nitidamente *Nux Vomica*. Depois de levar a aveia maltada às mancúspias, talvez por muito agachar-se para encher a gamela, tem de pronto a sensação de que o cérebro está girando, não de que tudo ao redor está girando — a vertigem em si —, mas de que é a visão que está girando, dentro dele a consciência gira como um giroscópio em seu aro, e lá fora tudo está tremendamente imóvel, só que fugindo e inapreensível. Ocorreu-nos se não seria mais adequado pensar num quadro de *Phosphorus*, porque também o aterroriza o perfume das flores (ou o das mancúspias pequenas, que têm um leve odor de lilás) e coincide fisicamente com o quadro fosfórico: é alto, fino, anseia por bebidas geladas, sorvetes e sal.

À noite não é tanto, o cansaço e o silêncio nos ajudam — porque o rondar das mancúspias escande docemente o silêncio do pampa — e às vezes dormimos até o amanhecer e somos despertados por um esperançoso sentimento de melhora. Se um de nós pula da cama antes do outro, pode acontecer porém que assistamos consternados à repetição de um fenômeno *Camphora monobromata*, pois acredita avançar numa direção quando na verdade o faz na direção oposta. É terrível, vamos com absoluta certeza para o banheiro e de inopino sentimos no rosto a pele nua do espelho alto. Quase sempre levamos na brincadeira, porque é preciso pensar no trabalho à espera e de nada serviria desanimar tão rápido. Buscam-se as cápsulas gelatinosas, executam-se sem comentários nem desalentos as instruções do dr. Harbín. (Talvez em segredo sejamos um pouco *Natrum muriaticum*. Tipicamente, um natrum chora, mas ninguém deve presenciar. É triste, é reservado; gosta de sal.)

Quem vai pensar em tantas vaidades se a obrigação espera nos currais, no invernadouro e no tambo? Leonor e o Chango já estão lá fora fazendo bagunça, e quando saímos com os termômetros e as bateias para o banho, os dois se precipitam para o trabalho como se quisessem ficar cansados depressa, organizando as preguiças da tarde. Sabemos muito bem disso, portanto ficamos felizes por ter saúde para desempenhar nós mesmos todas as coisas. Enquanto parar por aí e não aparecerem as cefaleias, podemos ir em frente. Estamos em fevereiro, em maio as mancúspias já estarão vendidas e nós a salvo por todo o inverno. Ainda dá para continuar.

As mancúspias nos distraem muito, em parte porque estão repletas de esperteza e malevolência, em parte porque criá-las é um trabalho sutil, que exige uma precisão incessante e minuciosa. Não temos por que exagerar, mas eis um exemplo: um de nós retira as mancúspias mães das gaiolas de invernadouro — são seis e meia da manhã — e as reúne no curral de forragem seca. Deixa-as em seus folguedos por vinte minutos enquanto o outro retira os filhotes dos compartimentos numerados onde cada um tem seu histórico clínico, verifica rapidamente a temperatura retal, devolve para o compartimento os que estão com mais de 37ºC, e usando uma bacia de lata leva os demais para que se reúnam às mães para a lactância. Talvez esse seja o momento mais bonito da manhã, comove-nos a alegria das pequenas mancúspias e de suas mães, sua rumorosa tagarelice ininterrupta. Apoiados no parapeito do curral, esquecemos a figura do meio-dia que se aproxima, a dura tarde impreterível. Por momentos sentimos um certo medo de olhar para o chão do curral — um quadro *Onosmodium* acentuadíssimo —, mas depois passa, e a luz nos salva do sintoma suplementar, da cefaleia que se agrava com o escuro.

Às oito chega a hora do banho, um de nós vai jogando punhados de sais Krüschen e farelo nas bateias, a outra dá instruções ao Chango, que vem com baldes de água morna. As mancúspias mães não gostam de banho, é preciso segurá-las com cuidado pelas orelhas e as patas, imobilizando-as como coelhos, e submergi-las repetidas vezes na bateia. As mancúspias se desesperam e se eriçam, e é o que queremos para que os sais penetrem em sua pele tão delicada.

Leonor é a encarregada de alimentar as mães, e o faz muito bem; nunca a vimos errar na distribuição das porções. Recebem aveia maltada e duas vezes por semana leite com vinho branco. Desconfiamos um pouco do Chango, achamos que bebe o vinho; seria melhor guardar o barril dentro de casa, mas há pouco espaço e além disso o cheiro adocicado que rescende nas horas de sol alto.

Talvez o que dizemos fosse monótono e inútil se em sua

repetição não estivesse passando lentamente por alterações; nos últimos dias — agora que entramos no período crítico do desmame — um de nós foi obrigado a reconhecer, com que amargo consentimento, o avanço de um quadro *Silica*. Ele tem início no exato instante em que somos dominados pelo sono, é uma perda da estabilidade, um salto para dentro, uma vertigem que escala a coluna vertebral e chega ao interior da cabeça; como a própria escalada rastejante (não há outra forma de descrever) das pequenas mancúspias pelos tocos dos currais. Então, de repente, sobre o poço negro do sono no qual já vamos caindo deliciosamente, somos aquele toco duro e ácido que as mancúspias escalam, brincando. E fechando os olhos é pior. Desse modo o sono se esvai, ninguém dorme de olhos abertos, ficamos morrendo de cansaço mas basta um leve abandono para sentir a vertigem que rasteja, um vaivém no crânio, como se a cabeça estivesse cheia de coisas vivas que giram ao seu redor. Como mancúspias.

E é tão ridículo, ficou provado que os doentes *silica* têm falta de sílica, areia. E nós aqui, rodeados de dunas, num pequeno vale ameaçado por dunas imensas, com falta de areia ao adormecer.

Contra a probabilidade de que a coisa avance, preferimos perder algum tempo dosificando-nos severamente; às doze horas percebemos que a reação é favorável, e a tarde de trabalho decorre sem obstáculos — apenas, talvez, um leve descompasso das coisas, de súbito como se os objetos estacassem à nossa frente, erguendo-se sem se mover; uma sensação de aresta viva em cada plano. Estamos com a suspeita de haver uma passagem para *Dulcamara*, mas não é fácil ter certeza.

Flutuam leves no ar as lanugens das mancúspias adultas; depois da sesta, munidos de tesouras e sacos de borracha, vamos ao curral cercado onde o Chango as reúne para a tosa. Em fevereiro as noites já são frescas; as mancúspias têm necessidade da pelagem porque dormem estiradas e carecem da proteção que fornecem a si mesmos os animais que se enroscam encolhendo as patas. Mesmo assim elas perdem o pelo do lombo, despelam devagar e ao ar livre, o vento levanta do curral uma névoa fina de pelos que fazem cócegas no nariz e nos atormentam até dentro de casa. Então reunimos as mancúspias e lhes tosamos o lombo a média altura, cuidando para não privá-las de calor; quando cai, esse pelo, curto demais para flutuar no ar, vai formando um polvilho amarelado que Leonor molha com a mangueira e recolhe diariamente, formando uma bola de massa que jogamos no poço.

Enquanto isso um de nós tem de cruzar os machos com as mancúspias jovens, pesar os filhotes enquanto o Chango lê em voz alta os pesos da véspera, verificar o progresso de cada mancúspia e separar as atrasadas para submetê-las à superalimentação. Vamos nisso até o anoitecer; só falta a aveia da segunda refeição, que Leonor distribui num instante, e trancar as mancúspias mães enquanto as pequenas guincham e teimam em continuar junto delas. O Chango é quem se encarrega da separação; nós outros já estamos na varanda fazendo o controle. Às oito as portas e janelas são fechadas; às oito ficamos sós, lá dentro.

Antes era um momento doce, a evocação de episódios e esperanças. Mas desde que passamos a não nos sentir bem, temos a sensação de que essa hora ficou mais pesada. Em vão nos iludimos organizando a farmácia — é comum a ordem alfabética dos remédios se alterar por descuido; no fim sempre vamos ficando calados ao redor da mesa, lendo o manual de Álvarez de Toledo (*Estuda-te a ti mesmo*) ou o de Humphreys (*Guia homeopático*). Um de nós teve com intermitências uma fase *Pulsatilla*, vale dizer, com tendência a mostrar-se volúvel, chorona, exigente, irritável. Isso aflora ao anoitecer e coincide com o quadro *Petroleum*, que afeta o outro, um estado em que tudo — coisas, vozes, lembranças — passa por cima dele, intumescendo-o e entorpecendo-o. De modo que não há conflito, somente um sofrer paralelo e tolerável. Depois, às vezes, vem o sono.

Também não gostaríamos de dar a estas notas uma ênfase progressiva, um crescer articulando-se até o estalido patético da grande orquestra, por trás da qual decrescem as vozes e se retoma uma calma de saturação. Às vezes essas coisas que registramos já nos aconteceram (como a grande cefaleia *Glonoinum* no dia em que nasceu a segunda ninhada de mancúspias), às vezes é agora ou pela manhã. Julgamos necessário documentar essas fases para que o dr. Harbín as adicione a nosso histórico clínico quando voltarmos para Buenos Aires. Não somos hábeis, sabemos que de repente nos afastamos do tema, mas o dr. Harbín prefere conhecer os detalhes circunstanciais dos quadros. Aquele roçar contra a janela do banheiro que ouvimos à noite pode ser importante. Pode ser um sintoma *Cannabis indica*; já se sabe que um cannabis indica tem sensações exaltadas, com exagero de tempo e distância. Pode ser uma mancúspia que conseguiu fugir e é atraída, como todas, pela luz.

No início éramos otimistas, ainda não perdemos a esperança de ganhar um bom dinheiro com a venda dos filhotes pequenos. Levantamo-nos cedo, medindo o valor crescente do tempo na fase final, e de início a fuga do Chango e de Leonor quase não nos afeta. Sem aviso prévio, sem o menor respeito à legislação, nos deixaram na noite passada, aqueles filhos da puta, levando o cavalo e a charrete, a manta de uma de nós, a lanterna de carbureto, o último número da *Mundo Argentino*. Pelo silêncio nos currais, desconfiamos da ausência deles; é preciso presteza para soltar os filhotes para a lactância, preparar os banhos, a aveia maltada. Pensamos o tempo todo que não se deve pensar no que aconteceu, trabalhamos sem admitir que agora estamos sozinhos, sem cavalo para transpor as seis léguas que nos separam de Puán, com provisões para uma semana e rondados por vagabundos inúteis, agora que nos outros povoados se espalhou o boato idiota de que criamos mancúspias e ninguém chega perto por medo de doenças. Só trabalhando e com saúde conseguimos tolerar uma conspiração que nos inferniza por volta do meio-dia, em pleno horário de almoço (uma de nós prepara bruscamente uma lata de língua e outra de ervilha, frita presunto com ovos), que rechaça a ideia de não dormir a sesta, nos encerra na sombra do quarto com mais rudeza que as portas de ferrolho duplo. Só agora recordamos claramente a noite maldormida, essa vertigem curiosa, transparente, se é que temos permissão para inventar essa expressão. Ao levantar, ao acordar, olhando para diante, qualquer objeto — digamos o roupeiro, por exemplo — é visto girando em velocidade variável e desviando-se de maneira inconstante para um lado (direito); enquanto ao mesmo tempo, através do rodamoinho, observa-se o mesmo roupeiro firmemente em pé, sem se mover. *Cyclamen*, de modo que o tratamento age em poucos minutos e nos equilibra para a marcha e o trabalho. Muito pior é perceber em plena sesta (quando as coisas são tão elas próprias, quando o sol as recolhe duramente em suas arestas) que no curral das mancúspias grandes há agitação e falação, uma renúncia súbita e inquietante ao repouso que as engorda. Não queremos sair, o sol alto seria a cefaleia, como admitir agora a possibilidade de cefaleia quando tudo depende de nosso trabalho. Mas será preciso fazê-lo, cresce a agitação das mancúspias e é impossível continuar na casa quando chega dos currais um rumor jamais ouvido, então nos precipitamos para fora protegidos por cascas de cortiça, nos separamos depois de um precipitado conciliábulo, uma de nós corre para as gaiolas das mães enquanto o outro verifica os cadeados de portões, o nível da água no tanque australiano, a possível irrupção de uma raposa ou de um gato montês. Assim que chegamos à entrada dos currais e o sol já nos ofusca, vacilamos como albinos entre as labaredas brancas, gostaríamos de ir em frente com o trabalho mas ficou tarde, o quadro *Belladona* liquida conosco até nos precipitar esgotados nas profundezas sombrias do galpão. Congestionados, de rosto vermelho e quente; pupilas dilatadas. Pulsação violenta no cérebro e nas carótidas. Violentas fisgadas e pontadas. Cefaleia como sacolejos. A cada passo sacolejo para baixo como se houvesse um peso no occipital. Facadas e fisgadas. Dor de estalo; como se se empurrasse o cérebro; pior agachando-se, como se o cérebro caísse para fora, como se fosse empurrado para a frente, ou os olhos estivessem a ponto de saltar. (*Como* isso, *como* aquilo; mas nunca como é de fato.) Pior com os ruídos, sacudidas, movimento, luz. E de repente cessa, a sombra e o frescor levam-na num instante, deixam-nos uma maravilhada gratidão, um desejo de correr e balançar a cabeça, de assombrar-se com o fato de que um minuto antes... Mas tem o trabalho, e agora supomos que a agitação das mancúspias obedece à falta de água fresca, à ausência de Leonor e do Chango — elas são tão sensíveis que devem sentir essa ausência de alguma forma —, e um pouco a estranharem a alteração nas atividades matutinas, nossa falta de jeito, nossa pressa.

Como nos dias de tosa, um de nós se encarrega do acasalamento prefixado e do controle do peso; é fácil perceber que de ontem para hoje as criações tiveram uma piora súbita. As mães comem mal, farejam prolongadamente a aveia maltada antes de dignar-se morder a morna pasta alimentícia. Desempenhamos em silêncio as últimas tarefas, agora a chegada da noite tem outro sentido que não queremos examinar, já não nos separamos como antes de uma ordem estabelecida e que funciona, de Leonor e do Chango e das mancúspias cada uma em seu lugar. Fechar as portas da casa é deixar a sós um mundo sem legislação, entregue aos sucessos da noite e da aurora. Entramos temerosos e esmerados, demorando-nos no momento, incapazes de retardá-lo e por isso furtivos e esquivando-nos, com a noite inteira à espera como um olho.

Por sorte estamos com sono, a insolação e o trabalho podem mais que uma inquietação não comunicada, vamos ficando adormecidos sobre os restos frios que mastigamos penosamente, os retalhos de ovo frito e pão molhado no leite. Alguma coisa raspa de novo a janela do banheiro, no forro parece que se ouvem corridinhas furtivas; não há vento, é noite de lua cheia e os galos cantariam antes da meia-noite, se galos tivéssemos. Vamos para a cama sem falar, repartindo quase às apalpadelas a última dose do tratamento. De luz apagada — mas isso não é preciso, não há luz apagada, simplesmente está faltando luz, a casa é um fundo de treva e por fora tudo é lua cheia — queremos dizer-nos alguma coisa e não passa de um perguntar-se pelo dia de amanhã, pela forma de conseguir o alimento, de chegar ao povoado. E adormecemos. Uma hora, não mais, o fio cinzento que puxa a janela mal se moveu na direção da cama. De repente estamos sentados no escuro, ouvindo no escuro porque se ouve melhor. Está acontecendo alguma coisa com as mancúspias, o rumor é agora um alarido raivoso ou aterrorizado, é possível distinguir o guincho afiado das fêmeas e o ulular mais tosco dos machos, calam-se de repente e pela casa se move uma espécie de rajada de silêncio, então novamente o alarido se ergue sobre o fundo da noite e da distância. Não nos ocorre sair, já basta estar a ouvi-las, um de nós não sabe bem se a gritaria é lá fora ou aqui, porque há momentos em que ela brota como se fosse de dentro, e no decorrer dessa hora entramos num quadro *Aconitum*, no qual tudo se confunde e nada é menos verdadeiro que seu oposto. Sim, as cefaleias vêm com tal violência que mal é possível descrevê-las. Sensação de ruptura, de ardência no cérebro, no couro cabeludo, com medo, com febre, com angústia. Plenitude e aperto na testa, como se ali houvesse um peso pressionando para fora, como se tudo fosse arrancado pela testa. *Aconitum* é súbito; selvagem; pior com ventos frios; com preocupação, angústia, medo. As mancúspias rondam a casa, é inútil repetir-nos que elas estão nos currais, que os cadeados resistem.

Não nos damos conta do amanhecer, por volta das cinco

somos abatidos por um sono sem repouso do qual saem nossas mãos em horário fixo para levar à boca os glóbulos. Faz algum tempo que estão batendo na porta do living, as pancadas aumentam com raiva até que um de nós permite que os chinelos se instalem em seus pés e se arrastem até a chave. É a polícia com a notícia da prisão do Chango; trazem-nos de volta a charrete, desconfiaram do roubo e do abandono. É preciso assinar uma declaração, está tudo bem, o sol alto e um grande silêncio nos currais. Os policiais olham para os currais, um deles tapa o nariz com o lenço, finge tossir. Dizemos depressa o que querem, assinamos e eles partem quase correndo, passam longe dos currais e olham para eles, também olharam para nós, arriscando uma olhadinha para dentro (pela porta sai um ar de lugar fechado), e partem quase correndo. É muito curioso que esses brutos não quisessem espiar mais, fogem como pesteados, já passam a galope pelo caminho do lado.

Um de nós parece decidir pessoalmente que o outro vai sem demora buscar alimento com a charrete enquanto se desempenham as tarefas matinais. Subimos a contragosto, o cavalo está cansado porque o trouxeram sem lhe dar folga, vamos saindo devagar e olhando para trás. Está tudo em ordem, então não eram as mancúspias que estavam fazendo barulho na casa, será preciso fumigar os ratos no forro, é incrível o barulho que um único rato pode fazer durante a noite. Abrimos os currais, reunimos as mães mas resta pouca aveia maltada e as mancúspias lutam ferozmente, arrancam pedaços do lombo e do pescoço uma da outra, o sangue brota e é preciso separá-las à força de chicote e gritos. Depois disso a lactância das crias é penosa e imperfeita, dá para perceber que os filhotes estão famintos, alguns vacilam ao correr ou se apoiam nos arames da cerca. Há um macho morto na entrada de sua gaiola, inexplicavelmente. E o cavalo resiste, não quer trotar, já estamos a dez quadras de casa e sempre a passo, de cabeça caída e bufando. Desanimados empreendemos a volta, chegamos a tempo de ver como os últimos restos de alimento desaparecem num tumulto de refrega.

Voltamos para a varanda sem insistir. No primeiro degrau há um filhote de mancúspia morrendo. Recolhemos o filhote do chão, pusemos numa cesta com palha, gostaríamos de saber o que ele tem, mas ele morre com a morte obscura dos animais. E os cadeados estavam intactos, não se sabe como essa mancúspia conseguiu escapar, se sua morte é resultado da escapada ou se escapou porque estava morrendo. Jogamos dez glóbulos de *Nux Vomica* em seu bico, que ficam ali mesmo como pequenas pérolas, ela já não consegue engolir. De onde estamos dá para ver um macho caído sobre as mãos; tenta levantar-se com um repelão, mas torna a cair como se rezasse.

Temos a impressão de ouvir gritos, tão perto de nós que chegamos a olhar debaixo das cadeiras de palha da varanda; o dr. Harbín nos advertiu quanto às reações animais que atacam pela manhã, não havíamos pensado que pudesse ser uma cefaleia desse tipo. Dor occipital, de vez em quando um grito: quadro de *Apis*, dores que parecem picadas de abelha. Dobramos a cabeça para trás ou a afundamos no travesseiro (em algum momento chegamos até a cama). Sem sede, mas transpirando; urina escassa, gritos penetrantes. Parecemos machucados, sensíveis ao tato; houve um momento em que nos demos as mãos e foi terrível. Até que cessa, paulatina, deixando-nos o temor de uma repetição com variante animal, como já aconteceu uma vez: depois da abelha, o quadro da serpente. São duas e meia.

Preferimos completar estes informes enquanto ainda há luz e estamos bem. Um de nós deveria ir agora até o povoado, se a sesta acaba ficará muito tarde para voltar, e passar toda a noite sozinhos na casa, talvez sem poder nos medicar... A sesta estanca silenciosa, está quente nos aposentos, se vamos até a varanda nos rechaça a cor de giz da terra, os galpões, os telhados. Morreram outras mancúspias mas o resto se cala, só de perto as ouviríamos arfar. Uma de nós acredita que conseguiríamos vendê-las, que deveríamos ir até o povoado. O outro faz estes apontamentos e já não acredita em grande coisa. Que passe o calor, que seja noite. Saímos quase às sete, ainda há alguns punhados de alimento no galpão, sacudindo as sacas cai um pozinho de aveia que recolhemos preciosamente. Elas o farejam e a agitação nas gaiolas é violenta. Não ousamos soltá-las, é melhor pôr uma colherada de massa em cada gaiola, assim parece que ficam mais satisfeitas, que é mais justo. Nem sequer recolhemos as mancúspias mortas, não conseguimos entender como é possível haver dez gaiolas vazias, como parte dos filhotes está misturada com os machos, no curral. Mal dá para ver, agora anoitece de repente e o Chango roubou nossa lanterna de carbureto.

A impressão que se tem é de que no caminho, sobre o fundo da mata de chorões, tem alguém. Seria o momento de chamar para que alguém fosse até o povoado; ainda há tempo. Às vezes achamos que nos espiam, as pessoas são tão ignorantes e nos olham tão de través. Preferimos não pensar e fechamos a porta com deleite, recolhidos à casa onde tudo é mais nosso. Gostaríamos de consultar os manuais para precaver-nos contra um novo *Apis*, ou contra o outro animal ainda pior; deixamos a janta e lemos em voz alta, quase sem escutar. Algumas frases sobem sobre as outras, e lá fora é a mesma coisa, algumas mancúspias uivam mais alto que as demais, persistem e repetem um ululular lancinante. "*Crotalus cascavella* tem alucinações peculiares..." Um de nós repete a citação, alegra-nos compreender tão bem o latim, crótalo cascavel, mas é dizer a mesma coisa, porque cascavel é crótalo. Talvez o manual não queira impressionar os doentes comuns com a menção direta ao animal. E não obstante o nomeia, essa terrível serpente... "cujo veneno age com tremenda intensidade". Temos que forçar a voz para ouvir-nos em meio ao clamor das mancúspias, de novo as sentimos perto da casa, nos telhados, arranhando as janelas, empurrando os lintéis.

De alguma forma deixou de ser estranho, à tarde vimos tantas gaiolas abertas, mas a casa está fechada e a luz da sala de jantar nos envolve numa fria proteção enquanto nos ilustramos a gritos. Tudo está claro no manual, uma linguagem direta para doentes sem preconceitos, a descrição do quadro: cefaleia e grande excitação, causadas por começar a dormir. (Mas por sorte estamos sem sono.) O crânio comprime o cérebro como um capacete de aço — boa descrição. Uma coisa viva anda em círculos dentro da cabeça. (Então a casa é nossa cabeça, sentimos que a rondam, cada janela é uma orelha voltada para o uivo das mancúspias ali fora.) Cabeça e peito comprimidos por uma armadura de ferro. Um ferro em brasa cravado no vértex. Não estamos seguros quanto ao vértex, faz um tempinho que a luz vacila, cede pouco a pouco, esta tarde esquecemos de pôr o moinho para funcionar. Quando fica impossível ler, acendemos uma vela perto do manual para terminar de informar-nos sobre os sintomas, é melhor saber para o caso de mais tarde — dores lancinantes agudas na têmpora direita, essa terrível serpente cujo veneno age com tremenda intensidade (já lemos isso, é difícil iluminar o manual com uma vela), uma coisa viva anda em círculos dentro da cabeça, também já lemos e é verdade, uma coisa viva anda em círculos. Não estamos preocupados, lá fora é pior, se é que há um lá fora. Por sobre o manual estamos olhando um para o outro, e se um de nós alude com um gesto aos uivos que aumentam cada vez mais, voltamos à leitura como se estivéssemos convencidos de que tudo isso está agora ali, onde uma coisa viva anda em círculos uivando de encontro às janelas, de encontro aos ouvidos, os uivos das mancúspias morrendo de fome.

Circe

And one kiss I had of her mouth, as I took the apple from her hand. But while I bit it, my brain whirled and my foot stumbled; and I felt my crashing fall through the tangled boughs beneath her feet and saw the dead white faces that welcomed me in the pit.

Dante Gabriel Rossetti, "The Orchard-Pit"

Porque já não há de fazer diferença para ele, mas daquela vez doeu-lhe a coincidência dos comentários entrecortados, a expressão servil de Mãe Celeste contando a tia Bebé, o incrédulo desconforto no gesto de seu pai. Primeiro foi a do sobrado, seu jeito bovino de girar devagar a cabeça, ruminando as palavras com delícia de bolo vegetal. E ainda a garota da farmácia — "não que eu acredite, mas se fosse verdade, que coisa horrível" — e até d. Emilio, sempre discreto como seus lápis e suas cadernetas de oleado. Todos falavam de Delia Mañara com um resto de pudor, nem um pouco seguros de que pudesse ser assim, mas o rosto de Mario ia sendo tomado por um ar de fúria que avançava sem encontrar obstáculos. Sentiu um ódio súbito pela família, com um estalido ineficaz de independência. Nunca havia gostado deles; só o sangue e o medo de ficar sozinho o prendiam à mãe e aos irmãos. Com os vizinhos foi direto e brutal, d. Emilio foi insultado de cima a baixo na primeira vez em que os comentários se repetiram. Negou cumprimento à do sobrado como se isso pudesse aborrecê-la. E quando voltava do trabalho entrava ostensivamente para cumprimentar os Mañara e aproximar-se — às vezes com balas ou um livro — da moça que havia matado seus dois noivos.

Lembro-me mal de Delia, mas ela era fina e loura, muito lenta de gestos (eu estava com doze anos, o tempo e as coisas são lentos nessa idade) e usava vestidos claros de saias rodadas. Mario acreditou por algum tempo que a graça de Delia e seus vestidos corroboravam o ódio das pessoas. Disse-o a Mãe Celeste: "Vocês a odeiam porque ela não é matuta que nem vocês, como eu", e nem pestanejou quando a mãe fez menção de acertar seu rosto com uma toalha. Depois disso foi a ruptura declarada; deixavam-no só, lavavam sua roupa por muito favor, aos domingos iam para Palermo ou faziam piquenique sem nem avisá-lo. Então Mario se aproximava da janela de Delia e jogava uma pedrinha. Às vezes ela aparecia, às vezes ouvia-a rir no interior da casa, um pouco cruelmente e sem lhe dar esperanças.

Chegou o dia da luta Firpo-Dempsey e em todas as casas houve choro e indignações brutais, seguidos de uma humilhada melancolia quase colonial. Os Mañara se mudaram para quatro quadras dali e isso significa muito em Almagro, de modo que outros vizinhos começaram a se relacionar com Delia, as famílias de Victoria e Castro Barros se olvidaram do caso e Mario continuou visitando-a duas vezes por semana quando voltava do banco. Já era verão e Delia queria sair de vez em quando, iam juntos às confeitarias da Rivadavia ou sentar-se na praça Once. Mario completou dezenove anos, Delia viu chegar sem festas — ainda estava de luto — os vinte e dois.

Os Mañara achavam injustificado usar luto por um noivo, até Mario teria preferido uma dor só por dentro. Era penoso presenciar o sorriso velado de Delia ao pôr o chapéu diante do espelho, tão loura contra o fundo do luto. Delia deixava-se adorar vagamente por Mario e os Mañara, deixava-se passear e comprar coisas, voltar com a última luz e receber nos domingos à tarde. Às vezes saía sozinha para ir ao antigo bairro, onde Héctor a festejara. Mãe Celeste a viu passar uma tarde e fechou as persianas com desprezo ostensivo. Um gato acompanhava Delia, todos os animais sempre se mostravam submissos a Delia, não se sabia se era afeto ou dominação, andavam perto dela sem que ela olhasse para eles. Mario uma vez percebeu que um cachorro se afastava quando Delia ia acariciá-lo. Ela o chamou (era no Once, à tarde) e o cachorro veio manso, talvez contente, até os dedos dela. A mãe dizia que Delia havia brincado com aranhas quando pequena. Todos ficavam assombrados, até Mario, que as temia pouco. E as borboletas pousavam no cabelo dela — Mario viu duas numa única tarde, em San Isidro —, mas Delia as afugentava com um gesto leve. Héctor lhe oferecera um coelho branco que logo morrera, antes de Héctor. Mas Héctor se atirou em Puerto Nuevo um domingo de madrugada. Foi nessa época que Mario ouviu os primeiros comentários. A morte de Rolo Médicis não havia interessado a ninguém, visto que meio mundo morre de síncope. Quando Héctor se suicidou, os vizinhos viram coincidências demais, em Mario renascia o rosto servil de Mãe Celeste contando a tia Bebé, o incrédulo desconforto no gesto de seu pai. Para completar, fratura do crânio, porque Rolo caiu de repente ao sair do vestíbulo dos Mañara, e, embora já estivesse morto, a pancada brutal contra o degrau foi outro detalhe horrível. Delia havia ficado dentro da casa, estranho não se despedirem na porta, mas de toda maneira estava perto dele e foi a primeira a gritar. Héctor, em compensação, morreu sozinho, numa noite de geada, cinco horas depois de ter saído da casa de Delia, como todos os sábados.

Lembro-me mal de Mario, mas dizem que ele e Delia formavam um casal bonito. Embora ela ainda estivesse de luto por Héctor (nunca pôs luto por Rolo, sabe-se lá por quê), aceitava a companhia de Mario para passear por Almagro ou ir ao cinema. Até aquele momento Mario se sentira fora de Delia, da vida de Delia, até da casa de Delia. Era sempre uma "visita", e entre nós a palavra tem um sentido exato e divisório. Quando ele a tomava pelo braço para atravessar a rua ou ao subir a escada da estação Medrano, às vezes olhava para a própria mão apertada contra a seda negra do vestido de Delia. Media aquele branco sobre negro, aquela distância. Mas Delia se aproximaria quando voltasse ao cinza, aos claros chapéus para domingo de manhã.

Agora que os comentários não eram um artifício absoluto, o que era horroroso para Mario era o fato de acrescentarem episódios indiferentes para dar-lhes um sentido. Muita gente morre em Buenos Aires de ataque cardíaco ou asfixia por imersão. Muitos coelhos definham e morrem nas casas, nos pátios. Muitos cachorros se esquivam ou aceitam as carícias. As poucas linhas que Héctor deixou para a mãe, os soluços que a do sobrado disse ter ouvido no vestíbulo dos Mañara na noite em que Rolo morreu (mas antes da pancada), o rosto de Delia nos primeiros dias... As pessoas aplicam tanta inteligência a essas coisas, e assim como da soma de muitos nós acaba nascendo um tapete — Mario veria o tapete, às vezes, com nojo, com terror, quando a insônia entrava em seu quartinho para roubar-lhe a noite.

"Perdoe minha morte, é impossível você entender, mas me perdoe, mamãe." Um papelzinho arrancado da borda da página do *Crítica*, retido por uma pedra ao lado do casaco que ficou como um marco para o primeiro marinheiro da madrugada. Até aquela noite ele fora tão feliz, claro que haviam percebido que estava estranho nas últimas semanas; não estranho, mas distraído, olhando o espaço como se visse coisas. Como se tentasse escrever alguma coisa no ar, decifrar um enigma. Todos os rapazes do Café Rubí concordavam com isso. Já Rolo não, seu coração parou de repente. Rolo era um jovem sozinho e tranquilo, com dinheiro e um Chevrolet faetonte duplo, de modo que poucos o haviam confrontado nesse período final. Nos vestíbulos as coisas ecoam tanto, a do sobrado insistiu durante dias e mais dias que o choro de Rolo fora uma espécie de brado sufocado, um grito entre as mãos que desejam afogá-lo e o vão cortando em pedaços. E quase em seguida a pancada atroz da cabeça contra o degrau, Delia correndo e alertando, o alvoroço já inútil.

Sem se dar conta, Mario reunia pedaços de episódios, flagrava-se urdindo explicações paralelas ao ataque dos vizinhos. Nunca perguntou a Delia, esperava vagamente que ela lhe dissesse alguma coisa. Às vezes se perguntava se Delia saberia exatamente o que murmuravam. Até os Mañara eram estranhos, com seu jeito de aludir a Rolo e a Héctor sem violência, como se os dois estivessem de viagem. Delia se calava, protegida por aquele acordo precavido e incondicional. Quando Mario se uniu a eles, discreto também, os três cobriram Delia com uma sombra fina e constante, quase transparente às terças e quintas, mais palpável e solícita de sábado a segunda. Delia recuperava agora uma miúda vivacidade episódica, um dia tocou piano, outra vez jogou ludo; era mais meiga com Mario, fazia-o sentar-se perto da janela da sala e lhe explicava projetos de costura ou de bordado. Nunca lhe dizia nada sobre os doces e bombons, Mario achava esquisito mas atribuía o fato à delicadeza, ao medo de entediá-lo. Os Mañara elogiavam os licores de Delia; uma noite quiseram servir-lhe um copinho, mas Delia disse em tom seco que eram licores para mulheres e que havia derramado o conteúdo de quase todas as garrafas. "Héctor...", começou sua mãe, queixosa, e mais não disse para não deixar Mario triste. Depois se deram conta de que Mario não se incomodava com a evocação dos noivos. Não voltaram a falar de licores enquanto Delia não recuperou a animação e quis experimentar receitas novas. Mario se lembrava daquela tarde porque haviam acabado de promovê-lo e a primeira coisa que fez foi comprar bombons para Delia. Os Mañara esgravataram pacientemente a galena do aparelhinho com fones, e o fizeram ficar na sala de jantar durante algum tempo para escutar Rosita Quiroga cantar. Em seguida ele contou da promoção, e que trazia bombons para Delia.

— Você não devia ter comprado isso, mas vá, leve para ela, ela está na sala. — E o olharam sair e olharam um para o outro até que Mañara retirou os fones dos ouvidos como quem retira uma coroa de louros, e a senhora suspirou desviando os olhos. De repente os dois pareciam infelizes, perdidos. Com um gesto obscuro, Mañara ergueu a alavanquinha da galena.

Delia ficou olhando para a caixa e não deu maior importância aos bombons, mas quando estava comendo o segundo, de menta com uma pequena crista de noz, disse a Mario que sabia fazer bombons. Parecia desculpar-se por não haver confiado tantas coisas a ele antes, começou a descrever com agilidade a maneira de preparar os bombons, o recheio e os banhos de chocolate ou moca. Sua melhor receita eram uns bombons de laranja recheados de licor, perfurou com uma agulha um dos que Mario havia trazido para mostrar-lhe como se manipulavam; Mario via seus dedos brancos demais contra o bombom; olhando-a explicar, ela parecia um cirurgião interrompendo um delicado tempo cirúrgico. O bombom como um pequeno camundongo entre os dedos de Delia, uma coisa diminuta porém viva que a agulha lacerava. Mario sentiu um mal-estar bizarro, uma doçura de abominável repugnância. "Jogue fora esse bombom", teria querido dizer-lhe. "Jogue bem longe, não o ponha na boca porque está vivo, é um rato vivo." Depois recuperou a alegria da promoção, ouviu Delia repetir a receita do licor de chá, do licor de rosa… Mergulhou os dedos na caixa e comeu dois, três bombons, um depois do outro. Delia lhe sorria como se zombasse dele. Ele imaginava coisas e foi temerosamente feliz. "O terceiro noivo", pensou bizarramente. "Dizer-lhe isto: seu terceiro noivo, só que vivo."

Agora já é mais difícil falar nisso, mistura-se a outras histórias que vamos adicionando a partir de esquecimentos menores, de mínimas falsidades que tramam e tramam por trás das lembranças; parece que ele ia mais frequentemente à casa dos Mañara, a volta à vida de Delia o atrelava aos gostos e aos caprichos dela, até mesmo os Mañara lhe pediram um tanto receosos que animasse Delia, e ele comprava as substâncias para os licores, os filtros e funis que ela recebia com uma grave satisfação na qual Mario entrevia um pouco de amor, pelo menos algum esquecimento dos mortos.

Aos domingos ficava para a sobremesa com os seus, e Mãe Celeste lhe agradecia por isso sem sorrir, mas dando-lhe a parte melhor do doce e o café muito quente. Por fim haviam cessado as fofocas, pelo menos não se falava em Delia na sua presença. Quem sabe se os bofetões no mais jovem dos Camiletti ou o azedo confronto na presença de Mãe Celeste contavam para alguma coisa; Mario chegou a acreditar que haviam reconsiderado, que absolviam Delia e até voltavam a respeitá-la. Nunca falou de sua casa na casa dos Mañara, assim como não mencionou sua amiga nas sobremesas de domingo. Começava a julgar possível aquela dupla vida a quatro quadras uma da outra; a esquina da Rivadavia com a Castro Barros era a ponte necessária e eficaz. Teve inclusive esperança de que o futuro aproximasse as casas, as pessoas, surdo ao curso incompreensível que sentia — às vezes, a sós — como intimamente alheio e obscuro.

Ninguém mais visitava os Mañara. Era um pouco assombrosa, aquela ausência de parentes e amigos. Mario não tinha necessidade de inventar um toque especial de campainha para si próprio, todos sabiam que era ele. Em dezembro, com um calor úmido e doce, Delia teve sucesso em fazer o licor de laranja concentrado, beberam-no felizes num entardecer de tempestade. Os Mañara não quiseram prová-lo, convencidos de que lhes faria mal. Delia não se ofendeu, mas parecia transfigurada enquanto Mario sorvia apreciativo o dedalzinho violáceo cheio de luz alaranjada, de aroma ardente. "Isso vai me fazer morrer de calor, mas está delicioso", disse uma ou duas vezes. Delia, que falava pouco quando estava contente, observou: "Fiz para você". Os Mañara olhavam para ela como se quisessem ler-lhe a receita, a alquimia minuciosa de quinze dias de trabalho.

Rolo gostava dos licores de Delia. Mario ficou sabendo disso por algumas palavras pronunciadas de passagem por Mañara num momento em que Delia não estava presente: "Ela fez muitas bebidas para ele. Mas Rolo tinha medo, por causa do coração. O álcool faz mal ao coração". Ter um noivo assim delicado... Mario entendia agora a libertação que transparecia nos gestos, no jeito como Delia tocava piano. Quase perguntou aos Mañara sobre Héctor, do que ele gostava, se Delia fazia licores ou doces para Héctor. Pensou nos bombons que Delia voltava a ensaiar e que se alinhavam para secar numa prateleira da copa. Algo dizia a Mario que Delia ia obter coisas maravilhosas com os bombons. Depois de pedir muitas vezes, conseguiu que ela o deixasse provar um. Já estava de partida quando Delia lhe trouxe uma amostra branca e leve num pratinho de alpaca. Enquanto o saboreava — uma coisa ligeiramente amarga, com uma pitada de menta e noz-moscada fundindo-se de modo insólito —, Delia mantinha os olhos baixos e um ar modesto. Recusou-se a aceitar os elogios, aquilo não passava de ensaio e ainda estava longe de atingir o que pretendia. Mas na visita seguinte — também à noite, já na sombra da despedida junto ao piano — ela permitiu que ele provasse outro ensaio. Era preciso fechar os olhos para adivinhar o sabor, e Mario obediente fechou os olhos e adivinhou um sabor de mandarina, levíssimo, emanando das profundezas do chocolate. Seus dentes moíam pedacinhos crocantes, não chegou a sentir seu sabor e era somente a sensação agradável de encontrar um apoio em meio àquela polpa doce e esquiva.

Delia estava feliz com o resultado, disse a Mario que sua descrição do sabor se aproximava do que havia esperado. Ainda faltavam ensaios, havia coisas sutis por equilibrar. Os Mañara disseram a Mario que Delia não tornara a sentar-se ao piano, que passava as horas preparando os licores, os bombons. Não o diziam como crítica, mas também não estavam contentes; Mario adivinhou que os gastos de Delia os afligiam. Então um dia pediu a Delia em segredo uma lista das essências e substâncias necessárias. Ela fez uma coisa que nunca havia feito antes, pendurou-se em seu pescoço e lhe deu um beijo na bochecha. Sua boca cheirava devagarinho a menta. Mario fechou os olhos, levado pela necessidade de sentir o perfume e o sabor desde a parte interna das pálpebras. E o beijo voltou, mais duro e queixando-se.

Não soube se havia devolvido o beijo, talvez tivesse ficado imóvel e passivo, degustador de Delia na penumbra da sala. Ela tocou piano, como quase nunca fazia agora, e pediu-lhe que voltasse no dia seguinte. Eles nunca haviam se falado com aquela voz, nunca haviam se calado assim. Os Mañara desconfiaram de alguma coisa porque entraram agitando os jornais e falando de um aviador perdido no Atlântico. Eram dias em que muitos aviadores ficavam no meio do Atlântico. Alguém acendeu a luz e Delia se afastou irritada do piano, por um momento Mario teve a impressão de que seu gesto diante da luz tinha algo da fuga ofuscada da centopeia, uma carreira enlouquecida pelas paredes. Abria e fechava as mãos, no vão da porta, e depois voltou com ar de envergonhada, olhando de viés para os Mañara; olhava para eles de viés e sorria para si mesma.

Sem surpresa, quase como uma confirmação, Mario avaliou naquela noite a fragilidade da paz de Delia, o peso persistente da dupla morte. Rolo, ainda vá lá; Héctor já era o transbordamento, a trinca que desnuda um espelho. De Delia restavam as manias delicadas, a manipulação de essências e animais, seu contato com coisas simples e obscuras, a proximidade das borboletas e dos gatos, a aura de sua respiração meio na morte. Prometeu--se uma caridade sem limites, uma convalescença de anos em aposentos claros e parques distantes da lembrança; talvez sem se casar com Delia, simplesmente prolongando aquele amor tranquilo até que ela deixasse de ver uma terceira morte andando ao seu lado, outro noivo, o que avança para morrer.

Pensou que os Mañara se alegrariam quando ele começasse a levar os extratos para Delia; em vez disso, se abespinharam e se recolheram, taciturnos, sem comentários, embora acabassem cedendo e se retirando, sobretudo quando chegava a hora das provas, sempre na sala e logo antes da noite, e era preciso fechar os olhos e definir — com quantas vacilações, às vezes, devido à sutileza da matéria — o sabor de um pedacinho de polpa nova, pequeno milagre no prato de alpaca.

Em troca dessas atenções, Mario obtinha de Delia a promessa de irem juntos ao cinema ou passear por Palermo. Nos Mañara, percebia gratidão e cumplicidade toda vez que ia buscá--la num sábado à tarde ou numa manhã de domingo. Como se preferissem ficar sozinhos em casa para ouvir rádio ou jogar cartas. Mas também achou que Delia não gostava de sair de casa deixando os velhos para trás. Embora não ficasse triste ao lado de Mario, nas raras vezes em que saíram com os Mañara ela ficou muito mais alegre, divertindo-se para valer na Exposição Rural, queria doces e aceitava brinquedos que ao voltar olhava fixamente, estudando-os até se cansar. O ar puro lhe fazia bem, Mario achou que estava com uma tez mais clara e um andar decidido. Uma pena aquela volta vespertina para o laboratório, o ensimesmamento interminável com a balança e as pequenas pinças. Agora os bombons a absorviam a ponto de esquecer os licores; agora era raro que o deixasse provar suas descobertas. Os Mañara, esses nunca; do nada, Mario desconfiava que os Mañara tivessem se recusado a provar sabores novos; que preferiam as balas comuns e que se Delia deixasse uma caixa sobre a mesa, sem lhes oferecer mas como se lhes oferecesse, eles escolhiam as formas simples, as de antes, e até cortavam os bombons para examinar seu recheio. Mario achava graça na surda insatisfação de Delia junto ao piano, em seu ar falsamente distraído. Reservava as novidades para ele, no último momento vinha da cozinha com o pratinho de alpaca; uma vez tocou piano até tarde e Delia permitiu que ele a acompanhasse até a cozinha para buscar alguns bombons novos. Ao acender a luz, Mario viu o gato dormindo em seu canto e as baratas fugindo pelos azulejos. Lembrou-se da cozinha de sua casa, Mãe Celeste aspergindo pó amarelo nas frestas. Naquela noite os bombons tinham gosto de moca e um fundinho estranhamente salgado (no mais recôndito do sabor), como se no fim do gosto se escondesse uma lágrima; era idiota pensar naquilo, no resto das lágrimas caídas na noite de Rolo no vestíbulo.

— O peixe colorido está tão triste — disse Delia apontando o aquário com pedrinhas e falsas vegetações. Um minúsculo peixe rosa translúcido dormitava com um movimento compassado da boca. Seu olho frio olhava para Mario como uma pérola viva. Mario pensou no olho salgado como uma lágrima que escorregasse entre os dentes ao mascá-lo.

— Precisa trocar a água mais vezes — sugeriu.

— Não adianta, está velho e doente. Vai morrer amanhã.

Para ele aquele anúncio soou como uma volta ao pior, à Delia atormentada pelo luto e pelos primeiros tempos. Ainda tão perto daquilo, do degrau e do cais, com fotos de Héctor aparecendo de repente em meio a pares de meias ou anáguas de verão. E uma flor seca — do velório de Rolo — presa sobre uma gravura na porta do guarda-roupa.

Antes de partir pediu-lhe que se casasse com ele no outono. Delia não disse nada, começou a olhar para o chão como se quisesse achar uma formiga na sala. Eles nunca haviam falado a respeito, Delia parecia querer se acostumar com a ideia e pensar antes de responder. Depois olhou para ele brilhantemente, erguendo-se de repente. Estava linda, a boca um pouco trêmula. Fez um gesto como se quisesse abrir uma portinha no ar, um movimento quase mágico.

— Então você é meu noivo — disse. — Que diferente você fica, que mudado.

Mãe Celeste ouviu a notícia sem abrir a boca; afastou o ferro elétrico para um lado e passou o dia inteiro sem sair do quarto, onde os irmãos iam entrando um a um para sair com expressão abatida e copinhos de Hesperidina. Mario foi assistir ao futebol e à noite levou rosas para Delia. Os Mañara esperavam por ele na sala, abraçaram-no e disseram-lhe coisas, foi o momento de desarrolhar uma garrafa de vinho do Porto e comer docinhos. Agora o tratamento era íntimo e ao mesmo tempo mais distante. Perdiam a simplicidade de amigos para olhar-se com os olhos do parente, do que sabe de tudo desde a primeira infância. Mario beijou Delia, beijou mamãe Mañara, e ao abraçar forte o futuro sogro teria querido dizer-lhe que confiassem nele, novo arrimo do lar, mas as palavras não saíam. Também dava para perceber que os Mañara teriam querido dizer-lhe alguma coisa e não ousavam. Agitando os jornais, voltaram para seu quarto e Mario ficou com Delia e o piano, com Delia e o chamado de amor índio.

Uma vez ou duas, durante aquelas semanas de noivado, ficou a um passo de marcar um encontro com papai Mañara fora da casa para lhe falar das mensagens anônimas. Depois achou que isso seria inutilmente cruel porque não havia nada a fazer contra aqueles desgraçados que o atacavam. O pior chegou num sábado ao meio-dia num envelope azul, Mario ficou olhando a fotografia de Héctor no *Última Hora* e os parágrafos sublinhados com tinta azul. "Só um profundo desespero pode tê-lo arrastado ao suicídio, segundo declarações dos familiares." Pensou surpreendentemente que os parentes de Héctor não haviam mais aparecido na casa dos Mañara. Quem sabe tivessem ido uma vez ou outra nos primeiros dias. Lembrava-se agora do peixe colorido, os Mañara haviam dito que fora um presente da mãe de Héctor. Peixe colorido morto no dia anunciado por Delia. Só um profundo desespero pode tê-lo arrastado. Queimou o envelope, o recorte de jornal, fez uma lista de suspeitos e planejou abrir-se com Delia, salvá-la em si mesmo dos fios de baba, da destilação intolerável daqueles boatos. Cinco dias depois (não havia dito nada a Delia nem aos Mañara) chegou o segundo. Na cartolina azul-clara havia primeiro uma estrelinha (não dava para entender por quê) e depois: "Eu no seu lugar tomaria cuidado com o degrau do portão". Do envelope saiu um vago perfume de sabonete de amêndoa. Mario pensou se a do sobrado usaria sabonete de amêndoa, teve mesmo a coragem receosa de revistar a cômoda de Mãe Celeste e da irmã. Queimou também aquela mensagem anônima, mais uma vez não contou nada a Delia. Era dezembro, um calor daqueles dezembros de vinte e tantos, agora depois do jantar ele ia para a casa de Delia e os dois conversavam passeando pelo jardinzinho de trás ou dando a volta no quarteirão. Com o calor comiam menos bombons, não que Delia renunciasse a seus experimentos, mas trazia poucas amostras para a sala, preferia guardá-los em caixas antigas, protegidos por pequenos moldes com um fino gramado de papel verde-claro por cima. Mario a notou inquieta, parecia de prontidão. Às vezes olhava para trás nas esquinas, e na noite em que fez um gesto de repulsa quando chegaram à caixa postal da esquina da Medrano com a Rivadavia, Mario compreendeu que também ela estava sendo torturada de longe; que partilhavam sem dizê-lo um mesmo acuo.

Encontrou papai Mañara no Munich da esquina da Cangallo com a Pueyrredón, entupiu-o de cerveja e batatas fritas sem conseguir arrancá-lo de uma modorra vigilante, como se desconfiasse do encontro. Mario disse a ele, rindo, que não ia pedir dinheiro, e lhe falou sem rodeios das mensagens anônimas, do nervosismo de Delia, da caixa postal da Medrano com a Rivadavia.

— Sei bem que assim que nos casarmos essas infâmias acabam. Mas preciso que vocês me ajudem, que a protejam. Uma coisa dessas pode prejudicá-la. Ela é tão delicada, tão sensível.

— Você está querendo me dizer que ela pode ficar louca, não é mesmo?

— Bem, não é isso. Mas se ela está recebendo mensagens anônimas como eu e não fala nada, e a coisa vai se acumulando...

— Você não conhece Delia. Ela ignora as mensagens anônimas... quero dizer que as mensagens não têm o menor efeito sobre ela. Delia é mais forte do que você imagina.

— Mas observe como ela parece tensa, agoniada com alguma coisa — conseguiu dizer Mario, indefeso.

— Não é por isso, sabe — ele bebia sua cerveja como se quisesse que ela escondesse sua voz. — Antes foi a mesma coisa, conheço bem minha filha.

— Antes do quê?

— Antes de eles morrerem, seu pateta. Pague que estou com pressa.

Fez menção de protestar, mas papai Mañara já se afastava na direção da porta. Com um gesto vago de despedida, afastou-se de cabeça baixa na direção do Once. Mario não teve coragem de segui-lo, nem mesmo de pensar muito no que acabava de ouvir. Agora estava outra vez sozinho como no início, diante de Mãe Celeste, da do sobrado e dos Mañara. Até dos Mañara.

Delia desconfiava de alguma coisa porque estava diferente ao recebê-lo, quase tagarela e astuciosa. Talvez os Mañara tivessem mencionado o encontro no Munich, Mario esperou que ela tocasse no assunto para ajudá-la a sair daquele silêncio, mas ela preferia *Rose Marie* e um pouco de Schumann, os tangos de Pacho de ritmo brusco e abusado, até chegarem os Mañara com biscoitinhos e málaga e acenderem todas as luzes. Falaram de Pola Negri, de um crime em Liniers, do eclipse parcial e da descompostura do gato. Delia achava que o gato estava empanturrado de pelos e preconizava um tratamento com óleo de rícino. Os Mañara lhe davam razão sem opinar, mas não pareciam convencidos. Lembraram-se de um veterinário amigo, de umas folhas amargas. Optaram por deixá-lo a sós no jardinzinho, ele que escolhesse por si mesmo as ervas curativas. Mas Delia disse que o gato morreria, que talvez o óleo prolongasse sua vida um pouco mais. Ouviram o pregão de um vendedor de jornais na esquina e os Mañara correram juntos para comprar o *Última Hora*. A uma consulta muda de Delia, Mario foi apagar as luzes da sala. Ficou o abajur na mesa de canto, manchando de amarelo velho o tapete de bordados futuristas. Ao redor do piano havia uma luz velada.

Mario indagou sobre a roupa de Delia, se ela estava trabalhando bem em seu enxoval, se março era melhor que maio para o casamento. Esperava um momento de coragem para mencionar as mensagens anônimas, um resto de medo de enganar-se detinha-o toda vez que se dispunha a fazê-lo. Delia estava ao lado dele no sofá verde-escuro, sua roupa azul-clara a recortava suavemente na penumbra. Uma vez que quis beijá-la, sentiu-a contrair-se pouco a pouco.

— Mamãe vai voltar para se despedir. Espere eles irem se deitar...

Lá fora ouviam-se os Mañara, o barulho do jornal, seu diálogo contínuo. Naquela noite estavam sem sono, onze e meia e continuavam conversando. Delia voltou para o piano, como por teimosia tocava longas valsas crioulas com da capo al fine uma e outra vez, escalas e adornos um pouco cafonas mas que Mario achava lindos, e no piano continuou até os Mañara virem dizer-lhes boa noite, e que não ficassem até muito tarde, agora ele era da família e precisava mais que nunca velar por Delia, para que ela não fosse dormir tarde. Quando saíram, como a contragosto mas vencidos pelo sono, o calor entrava em golfadas pela porta do vestíbulo e pela janela da sala. Mario quis um copo de água gelada e foi até a cozinha embora Delia quisesse servi-lo e tivesse ficado um pouco incomodada. Ao voltar, viu Delia à janela olhando para a rua vazia por onde antes em noites iguais seguiam Rolo e Héctor. Uma ponta de lua já se deitava sobre o assoalho perto de Delia, no prato de alpaca que Delia retinha na mão como outra pequena lua. Não quisera pedir a Mario que provasse na frente dos Mañara, ele precisava entender como ela achava cansativas as reprimendas dos Mañara, eles sempre achavam que ela estava abusando da bondade de Mario ao lhe pedir que provasse os novos bombons. Claro que se não quisesse, mas ninguém merecia sua confiança mais que ele, os Mañara eram incapazes de apreciar um sabor diferente. Oferecia-lhe o bombom como se suplicasse, mas Mario entendeu o desejo que povoava sua voz, agora ele o incluía com uma clareza que não vinha da lua, nem sequer de Delia. Largou o copo de água sobre o piano (não havia bebido na cozinha) e segurou o bombom com dois dedos, Delia ao lado esperando o veredicto, respiração ofegante como se tudo dependesse daquilo, sem falar mas insistindo com ele em seu gesto, com os olhos aumentados — ou seria a sombra da sala —, oscilando de leve o corpo ao arquejar, porque agora era quase um arquejo quando Mario aproximou o bombom da boca, ia morder, baixava a mão e Delia gemia como se em meio de um prazer infinito se sentisse um pouco frustrada. Com a mão livre apertou de leve as laterais do bombom mas sem olhar para ele, tinha os olhos pregados em Delia e no rosto de gesso, um pierrô repugnante na penumbra. Os dedos se separavam, partindo o bombom. A lua caiu em cheio na massa esbranquiçada da barata, o corpo despojado de seu revestimento coriáceo, e em torno, mesclados à menta e ao marzipã, os pedacinhos de patas e asas, o pó da carapaça triturada.

Quando ele atirou os pedaços na cara dela, Delia cobriu os olhos e começou a soluçar, arquejando num soluço que a sufocava, o choro cada vez mais agudo como na noite de Rolo, então os dedos de Mario se cravaram em sua garganta como para protegê-la daquele horror que lhe subia pelo peito, um borborigmo de choro e queixa, com risadas partidas por contorções, mas ele queria apenas que ela se calasse e apertava para que ela se calasse, só isso, a do sobrado já estaria à escuta com medo e delícia de modo que era preciso fazê-la calar-se a qualquer custo. A suas costas, da cozinha onde encontrara o gato com as estilhas cravadas nos olhos, ainda se arrastando para morrer dentro de casa, ouvia a respiração dos Mañara de pé, escondendo-se na sala de jantar para espiá-los, tinha certeza de que os Mañara haviam escutado e estavam ali, junto à porta, na sombra da sala de jantar, escutando como ele forçava Delia a calar-se. Afrouxou o apertão e deixou que ela escorregasse até o sofá, convulsionada e preta mas viva. Ouvia os Mañara ofegantes, sentiu pena deles por tantas coisas, pela própria Delia, por abandoná-la mais uma vez, e viva. Tal como Héctor e Rolo, partia e a deixava para eles. Teve muita pena dos Mañara, que haviam ficado ali encolhidos esperando que ele — alguém, afinal — forçasse Delia, que chorava, a calar-se, fizesse finalmente cessar o choro de Delia.

As portas do céu

Às oito apareceu José María com a notícia, quase sem rodeios me disse que Celina acabava de morrer. Lembro-me de que reparei instantaneamente na frase, Celina acabando de morrer, um pouco como se ela própria tivesse decidido o momento no qual aquilo devia se concluir. Era quase noite e os lábios de José María tremiam ao pronunciar aquelas palavras.

— Mauro ficou tão mal, deixei-o enlouquecido. Melhor irmos.

Eu precisava terminar umas anotações, além de que havia prometido a uma amiga levá-la para jantar. Dei um par de telefonemas e saí com José María em busca de um táxi. Mauro e Celina moravam para os lados da Cánning com a Santa Fe, de modo que calculamos que seriam dez minutos de minha casa até lá. Já ao aproximar-nos vimos pessoas em pé na entrada com ar culposo e abatido; a caminho fiquei sabendo que Celina havia começado a vomitar sangue às seis, que Mauro chegara com o médico e que sua mãe estava junto. Parece que o médico começava a escrever uma longa receita quando Celina abriu os olhos e acabou de morrer com uma espécie de tosse, mais bem um assobio.

— Eu segurei o Mauro, o médico teve que sair porque o Mauro queria partir para cima dele. O senhor sabe como ele é quando fica invocado.

Eu pensava em Celina, no último rosto de Celina que nos esperava na casa. Quase não ouvi os gritos das velhas e a revoada no pátio, mas em compensação me lembro de que o táxi custou dois e sessenta e de que o motorista estava com uma boina encerada. Vi dois ou três amigos da turma de Mauro, lendo o *La Razón* perto da porta; uma garota de vestido azul segurava no colo o gato rajado e alisava minuciosamente os bigodes dele. Mais para o fundo começavam as lamentações e o cheiro de fechado.

— Vá logo ver o Mauro — falei para José María. — Como você sabe, é bom dar bastante alpiste a ele.

Na cozinha já havia mate. O velório se organizava sozinho, por conta própria: os rostos, as bebidas, o calor. Agora que Celina tinha acabado de morrer, era incrível como as pessoas de um bairro largam tudo (até os programas de perguntas e respostas) para comparecer ao local do ocorrido. Quando passei ao lado da cozinha ouvi o barulho nítido de uma bomba de mate sendo sugada depois de a água da cuia ter acabado; em seguida, cheguei à porta da câmara mortuária. *Misia* Martita e outra mulher me olharam da sombra do fundo do aposento, onde a cama parecia flutuar numa geleia de marmelo. Pelo ar superior das duas percebi que tinham acabado de lavar e amortalhar Celina; inclusive dava para sentir um leve cheiro de vinagre.

— Coitadinha da finadinha — disse *Misia* Martita. — Entre, doutor, entre. Vá vê-la. Parece dormir.

Segurando a vontade de mandá-la à merda, mergulhei no caldo quente do aposento. Fazia um tempo que eu olhava para Celina sem vê-la; naquele momento deixei-me avançar para ela, para o cabelo negro e liso brotando de uma testa baixa que brilhava como nácar de violão, para o prato raso branquíssimo de seu rosto sem remédio. Me dei conta de que não tinha nada a fazer ali, que aquele aposento agora era das mulheres, das carpideiras que chegavam na noite. Nem mesmo Mauro poderia entrar em paz para sentar-se ao lado de Celina, nem mesmo Celina estava ali esperando, aquela coisa branca e negra pendia para o lado das chorosas, favorecia-as com seu tema imóvel repetindo-se. Melhor Mauro, sair em busca de Mauro, que continuava de nosso lado.

Do aposento à sala de jantar havia surdos sentinelas fumando no corredor sem luz. Peña, o louco Bazán, os dois irmãos mais jovens de Mauro e um velho indefinível me cumprimentaram respeitosos.

— Obrigado por vir, doutor — disse-me um deles. — O senhor sempre tão amigo do pobre Mauro.

— Amigos são para essas coisas — disse o velho, estendendo-me a mão que me pareceu uma sardinha viva.

Tudo isso estava acontecendo, mas eu estava outra vez com Celina e Mauro no Luna Park, dançando no Carnaval de quarenta e dois, Celina de azul-claro que combinava tão mal com seu tipo meio de índia, Mauro de palm-beach e eu com seis uísques e um puta porre. Eu gostava de sair com Mauro e Celina para assistir de banda à dura e quente felicidade dos dois. Quanto mais me criticavam por essas amizades, mais eu me aproximava deles (nos dias e horas que me convinham) para presenciar sua existência, da qual eles mesmos não faziam ideia.

Me obriguei a sair do baile, um guincho vinha do quarto ao lado, subindo pelas portas.

— Essa deve ser a mãe — disse o louco Bazán, quase satisfeito.

"Silogística perfeita do humilde", pensei. "Celina morta,

mãe chega, guincho mãe." Me dava nojo pensar assim, mais uma vez estar pensando tudo o que aos outros bastava sentir. Mauro e Celina não haviam sido minhas cobaias, nada disso. Eu gostava deles, tanto quanto continuo gostando. Só que nunca consegui entrar na simplicidade deles, só que me via forçado a alimentar-me por reflexo do sangue deles; eu sou o dr. Hardoy, um advogado que não se conforma com a Buenos Aires forense ou musical ou hípica, e que avança até onde consegue por outros vestíbulos. Sei que por trás disso está a curiosidade, as anotações que pouco a pouco lotam meu arquivo de dados. Mas Celina e Mauro não, Celina e Mauro não.

— Quem haveria de dizer — ouvi de Peña. — Uma coisa tão rápida...

— Bom, você sabe que ela estava muito mal do pulmão.

— Sei, mas mesmo assim...

Defendiam-se da terra aberta. Muito mal do pulmão, mas com isso e tudo... Nem Celina devia esperar pela própria morte, para ela e Mauro a tuberculose era "fraqueza". Vi-a outra vez girando entusiasmada nos braços de Mauro, a orquestra de Canaro lá no alto e um cheiro de pó de arroz barato. Depois ela dançou um maxixe comigo, a pista estava entupida de gente, um calorão. "Como o senhor dança bem, Marcelo", como se estranhasse um advogado ser capaz de acompanhar um maxixe. Ela e Mauro nunca abandonaram o "senhor" ao falar comigo. Com Mauro eu usava "você", mas com ela eu devolvia o tratamento. Celina teve dificuldade para abandonar o "doutor", vai ver que se orgulhava de usar o título comigo na frente dos outros, meu amigo o doutor. Pedi a Mauro que dissesse a ela, então começou o "Marcelo". Com isso eles se aproximaram um pouco de mim, mas eu continuava tão distante quanto antes. Nem frequentando juntos os bailes populares, o boxe, até o futebol (anos atrás Mauro jogou no Racing), ou tomando mate até tarde na cozinha. Quando acabou o pleito e fiz Mauro ganhar cinco mil pesos, Celina foi a primeira a me pedir que não me afastasse, que fosse visitá-los. Ela já não estava bem, a voz sempre um pouco rouca era cada vez mais fraca. À noite ela tossia, Mauro lhe comprava Neurofosfato Escay, o que era uma idiotice, e também Ferro Quina Bisleri, coisas que saem nas revistas e nas quais as pessoas acabam confiando.

Íamos juntos aos bailes e eu os olhava viver.

— É bom que converse com o Mauro — disse José María, surgindo de repente ao meu lado. — Vai fazer bem a ele.

Fui, mas fiquei o tempo todo pensando em Celina. Era feio reconhecê-lo, na verdade o que eu estava fazendo era reunir e organizar minhas fichas acerca de Celina, nunca escritas mas bem à mão. Mauro chorava sem cobrir o rosto, como todo animal sadio e deste mundo, sem a menor vergonha. Segurava minhas mãos e as umedecia com seu suor febril. Quando José María o obrigava a tomar uma genebra, ele engolia entre dois soluços fazendo um barulho esquisito. E as frases, essa algaravia de tolices com toda a vida dele por dentro, a obscura consciência da coisa irreparável que havia acontecido com Celina mas que apenas ele acusava e ressentia. O grande narcisismo finalmente justificado e livre para dar o espetáculo. Tive nojo de Mauro mas muito mais de mim mesmo, e comecei a beber um conhaque barato que me queimava a boca sem prazer. O velório já estava a pleno vapor, de Mauro para baixo estavam todos perfeitos, até a noite ajudava, quente e tranquila, linda para ficar no pátio falando da finadinha, para deixar vir a madrugada passando em revista a vida de Celina.

Isso foi numa segunda-feira; depois tive de ir a Rosario para um congresso de advogados onde não se fez outra coisa senão aplaudir uns aos outros e beber furiosamente, e voltei no fim de semana. No trem viajavam duas bailarinas do Moulin Rouge e reconheci a mais jovem, que se fez de boba. Eu havia passado a manhã inteira pensando em Celina, não me importava tanto a morte de Celina mas sobretudo a suspensão de uma ordem, de um hábito necessário. Quando vi as jovens pensei na carreira de Celina e no gesto de Mauro ao tirá-la da milonga do grego Kasidis e levá-la consigo. Era preciso coragem para esperar alguma coisa daquela mulher, e foi nessa época que os conheci, quando ele me consultou a respeito de uma ação da mãe dele, que reivindicava uns terrenos em Sanagasta. Na segunda vez, Celina foi com ele, ainda com uma maquiagem quase profissional, movendo-se em amplos requebros, mas presa ao braço dele. Não foi difícil avaliá-los, saborear a simplicidade agressiva de Mauro e seu esforço inconfessado por trazer Celina por inteiro para junto dele. Quando comecei a andar com eles, tive a impressão de que havia conseguido, pelo menos por fora e no comportamento cotidiano. Depois avaliei melhor, Celina se esquivava um pouco pela via dos caprichos, sua paixão pelos bailes populares, seus longos devaneios ao lado do rádio, com um remendo ou um pano nas mãos. Quando a ouvi cantar, numa noite de nebiolo e Racing quatro a um, entendi que ela ainda estava com Kasidis, longe de um lar estável e de Mauro com sua banca no Mercado. Para conhecê-la melhor estimulei seus desejos baratos, fomos os três a uma infinidade de lugares com alto-falantes ofuscadores, lugares de pizza fervente e papeizinhos com gordura pelo chão. Mas Mauro preferia o pátio, as horas de papo com vizinhos e o mate. Aceitava pouco a pouco, se submetia sem ceder. Então Celina fingia conformar-se, talvez já estivesse se conformando em sair menos e pertencer à casa dele. Era eu que conseguia que

Mauro fosse aos bailes, e sei que desde o começo ela foi grata por isso. Os dois se amavam e a alegria de Celina era suficiente para os dois, às vezes para os três.

Achei que era o caso de tomar um banho, ligar para Nilda dizendo que iria buscá-la no domingo a caminho do hipódromo e ir logo em seguida procurar Mauro. Ele estava no pátio, fumando entre longos mates. Fiquei enternecido com os dois ou três furinhos de sua camiseta e lhe dei uma palmada no ombro ao cumprimentá-lo. Estava com a mesma cara da última vez, ao lado da sepultura, ao jogar o punhado de terra e atirar-se para trás como se tivesse sido eletrocutado. Mas vi um brilho claro em seus olhos, a mão firme ao cumprimentar.

— Obrigado por vir me ver. O tempo custa a passar, Marcelo.

— Você precisa ir ao Mercado ou tem alguém para substituí-lo?

— Meu irmão, aquele manquinho, vai no meu lugar. Não tenho forças para ir, e isso que os dias não acabam nunca.

— Claro, você precisa se distrair. Vá pôr uma roupa, vamos dar uma volta por Palermo.

— Vamos, para mim tanto faz.

Vestiu um terno azul, lenço bordado, vi quando pôs perfume de um vidro que fora de Celina. Eu gostava do jeito dele de ajeitar o chapéu, com a aba erguida, e de seu passo leve e silencioso, bem compadre. Resignei-me a escutar — "os amigos são para essas horas" — e na segunda garrafa de Quilmes Cristal ele veio para cima de mim com tudo. Estávamos numa mesa do fundo do bar, quase a sós; eu o deixava falar mas de vez em quando derramava cerveja em seu copo. Quase não me lembro de tudo o que falou, acho que na verdade era sempre a mesma coisa. Uma frase ficou em minha lembrança: "Ela está aqui", acompanhada do gesto de cravar o indicador no meio do peito como se mostrasse uma dor ou uma medalha.

— Quero esquecer — dizia também. — Qualquer coisa, tomar um porre, ir para o cabaré, comer uma mulher. O senhor me entende, Marcelo, o senhor... — o indicador subia, enigmático, e dobrava-se de repente, como um canivete. A essa altura ele já estava disposto a aceitar o que pintasse, e quando mencionei o Santa Fe Palace como por acaso, ele deu por entendido que íamos dançar e foi o primeiro a levantar-se e olhar a hora. Fomos andando sem falar, mortos de calor, e o tempo todo eu o imaginava assaltado por alguma lembrança, a repetida surpresa de não sentir contra o braço a quente alegria de Celina a caminho do baile.

— Eu nunca a levei a esse Palace — disse de repente. — Estive lá antes de conhecê-la, era uma milonga muito muquirana. O senhor frequenta?

Em minhas fichas tenho uma boa descrição do Santa Fe Palace, que não se chama Santa Fe nem fica nessa rua, mesmo estando ao lado. Pena que nada disso possa ser efetivamente descrito, nem a fachada modesta com seus cartazes promissores, nem o guichê escuro e nem, menos ainda, os olheiros que enrolam na entrada e examinam os que chegam de cima a baixo. O que vem em seguida é pior; não que seja ruim, porque ali nada é uma coisa precisa; justamente o caos, a confusão resolvendo-se numa falsa ordem: o inferno e seus círculos. Um inferno de parque japonês a dois e cinquenta o ingresso, senhoras cinquenta centavos. Compartimentos mal isolados, lembrando sucessivos pátios cobertos tendo no primeiro uma orquestra típica, no segundo uma regional, no terceiro uma nortenha com cantores e malambo. Posicionados numa passagem intermediária (eu Virgílio), ouvíamos os três ritmos e víamos os três círculos dançando; então se escolhia o preferido, ou se ia de dança em dança, de genebra em genebra, tentando encontrar mesinhas e mulheres.

— Nada mau — disse Mauro, com seu jeito bisonho. — Pena o calor. Deviam instalar exaustores.

(Para uma ficha: estudar, segundo Ortega, os contatos do homem do povo com a técnica. Ali onde se imaginaria haver um choque encontra-se, em vez disso, assimilação violenta e utilização; Mauro falava em refrigeração ou em super-heteródinos com a autossuficiência portenha que acredita que tudo lhe é devido.) Agarrei-o pelo braço e o encaminhei para uma mesa porque ele continuava distraído, olhando para o palco da orquestra típica, para o cantor que segurava o microfone com as duas mãos e o balançava devagarinho. Instalamo-nos felizes diante de duas aguardentes secas e Mauro bebeu a dele de uma vez só.

— Ajuda a cerveja a descer. Cacete, esta milonga está concorrida!

Fez sinal pedindo outra e me deu espaço para me distrair e olhar. A mesa ficava bem junto da pista, do outro lado havia cadeiras posicionadas ao longo de uma parede comprida; uma grande quantidade de mulheres se revezava com aquele ar abstrato das milongueiras quando estão trabalhando ou se divertindo. Ninguém conversava muito, ouvíamos perfeitamente bem a orquestra típica, bem equipada de foles e tocando com vontade. O cantor insistia no tema da saudade, milagrosa sua maneira de dar dramaticidade a um ritmo mais para rápido e sem pausas. *Las trenzas de mi china las traigo en la maleta...* Pendurava-se ao microfone como aos barrotes de um vomitório, com uma espécie de luxúria cansada, de necessidade orgânica. De vez em quando comprimia os lábios contra a redinha cromada e dos alto-falantes saía uma voz pegajosa — *"yo soy un hombre honrado..."*; me veio à cabeça que uma solução seria uma boneca de borracha com o microfone escondido em seu interior, pois assim o cantor poderia tê-la nos braços e excitar-se à vontade cantando para ela. Mas não serviria para os tangos, para esses melhor o bastão cromado com a pequena caveira brilhante no topo, o sorriso tetânico da redinha.

    Creio que a essa altura convém dizer que eu frequentava aquela milonga por causa dos monstros, e que não conheço outra onde haja tantos deles juntos. Aparecem às onze da noite, descem de regiões imprecisas da cidade, pausados e seguros, sós ou em duplas, as mulheres quase anãs e meio caboclas, os homens com jeito de javanês ou mocovi, apertados em ternos quadriculados ou pretos, cabelo duro penteado com denodo, brilhantina em gotinhas contra os reflexos azuis e rosa, as mulheres com enormes penteados altos que as tornam ainda mais anãs, penteados duros e difíceis dos quais guardam o cansaço e o orgulho. Eles agora inventaram de usar cabelo solto e alto no meio, topetes enormes e afrescalhados sem nada a ver com o rosto brutal logo abaixo, o gesto de agressão disponível e esperando sua hora, os torsos eficazes sobre finas cinturas. Reconhecem-se e se admiram em silêncio, sem demonstrá-lo, é o baile deles, o encontro deles, a noite de gala deles. (Para uma ficha: de onde eles saem, que profissões os dissimulam durante o dia, que obscuras servidões os isolam e disfarçam.) Vão para isso, os monstros se enlaçam com grave civilidade, música após música giram morosos sem falar, muitos de olhos fechados gozando por fim a paridade, a completação. Recuperam-se nos intervalos, nas mesas são fanfarrões e as mulheres falam guinchando para serem vistas, então os machos ficam mais invocados e já vi voar um sopapo e entortar para um lado o rosto e metade do penteado de uma cabocla vesga vestida de branco que bebia anis. Além disso tem o cheiro, não se concebem monstros sem esse cheiro de talco molhado contra a pele, de fruta passada, dá para imaginar as higienes apressadas, o pano úmido pelo rosto e pelos sovacos, depois o que importa, loções, rímel, pó de arroz no rosto de todas elas, uma crosta esbranquiçada que não encobre as placas pardas por trás. Além disso se oxigenam, as negras erguem maçarocas rígidas sobre a terra espessa do rosto, chegam a estudar gestos de loura, vestidos verdes, se convencem da própria transformação e desdenham condescendentes as outras que defendem sua cor. Olhando para Mauro com o rabo do olho eu estudava a diferença entre seu rosto de traços italianos, o rosto do portenho suburbano sem mistura de negro nem de provinciano, e me lembrei de repente de Celina, mais próxima dos monstros, muito mais próxima deles que Mauro e eu. Acho que Kasidis a escolhera para atender a parcela acaboclada de sua clientela, os poucos que na época se animavam a frequentar seu cabaré. Eu nunca havia ido ao estabelecimento de Kasidis nos tempos de Celina, mas depois fui até lá uma noite (para conhecer o lugar onde ela trabalhava antes de Mauro tirá-la de lá) e vi apenas brancas, louras ou morenas mas brancas.

— Que vontade de dançar um tango — disse Mauro chateado. Já estava um pouco alto ao entrar na quarta aguardente. Eu pensava em Celina, tão em casa aqui, justamente aqui, aonde Mauro nunca a trouxera. Anita Lozano recebia agora os aplausos fortes do público ao saudar do palco, eu já a ouvira cantar no Novelty, nos tempos em que estava em alta, agora ficara velha e magra mas conservava a voz para os tangos. Melhor ainda, porque seu estilo era canalha, pedia uma voz um pouco rouca e suja para aquelas letras desabusadas. Celina tinha essa voz depois de beber, de repente me dei conta de quanto o Santa Fe era Celina, da presença quase insuportável de Celina.

Ir embora com Mauro fora um erro. Ela tolerou porque o amava e porque ele a tirava da imundície de Kasidis, da promiscuidade e dos copinhos de água com açúcar entre as primeiras joelhadas e o hálito carregado dos clientes sobre seu rosto, mas se não tivesse sido obrigada a trabalhar nas milongas, Celina teria gostado de ficar por lá. Percebia-se em seus quadris e em sua boca, estava equipada para o tango, nascera de cima a baixo para a farra. Por isso era necessário que Mauro a levasse aos bailes, eu a vira transfigurar-se ao entrar, com as primeiras lufadas de ar quente e de foles. Àquela hora, enfiado no Santa Fe sem possibilidade de retrocesso, medi a grandeza de Celina, sua coragem ao retribuir a Mauro com alguns anos de cozinha e mate doce no pátio. Renunciara a seu céu de milongas, a sua quente vocação para o anis e as valsas crioulas. Como quem se condena conscientemente, por Mauro e pela vida de Mauro, limitando-se a forçar de leve o mundo dele para que de vez em quando a levasse a alguma festa.

Mauro já estava pendurado a uma negrinha mais alta que as outras, de cintura fina como poucas e nada feia. Achei graça em sua seleção instintiva mas ao mesmo tempo pensada, a empregadinha era menos igual aos monstros; então fui tomado outra vez pela ideia de que Celina tinha sido, de certa maneira, um monstro como eles, só que fora dali e durante o dia não dava para perceber, como aqui. Perguntei-me se Mauro teria se dado conta, tive um certo receio de que me recriminasse por trazê-lo a um lugar onde a lembrança crescia de cada coisa como pelos num braço.

Dessa vez não houve aplausos e ele se aproximou com a jovem, que parecia subitamente tonta e incerta fora de seu tango.

— Eu lhe apresento um amigo.

Trocamos os "encantados" portenhos e em seguida servimos uma bebida a ela. Eu ficava feliz por ver Mauro entrando na noite e até troquei algumas frases com a mulher, que se chamava Emma, um nome que não combina muito com as magras. Mauro parecia bastante embalado, falando de orquestras com as frases breves e sentenciosas que admiro nele. Emma se dedicava a nomes de cantores, a lembranças de Villa Crespo e de El Talar. A essa altura Anita Lozano anunciou um tango antigo e houve gritos e aplausos entre os monstros, sobretudo entre os índios, que a favoreciam sem restrições. Mauro não estava curtido a ponto de esquecer-se por completo, quando a orquestra abriu caminho com um floreio dos bandoneons, ele me olhou de repente, tenso e rígido, como se lembrando. Também me vi no Racing, Mauro e Celina muito juntos naquele tango que depois ela passou a noite inteira cantarolando, inclusive no táxi de volta.

— Dançamos este? — perguntou Emma, engolindo ruidosamente sua groselha.

Mauro nem olhava para ela. Tenho a impressão de que foi naquele momento que nós dois nos encontramos mais profundamente. Agora (agora que escrevo) só me ocorre uma imagem dos meus vinte anos no Sportivo Barracas, atirar-me na piscina e encontrar outro nadador no fundo, tocar no fundo ao mesmo tempo e entrever-nos na água verde e acre. Mauro empurrou a cadeira para trás e se apoiou na mesa com um cotovelo. Olhava para a pista, tal como eu, e Emma ficou perdida e humilhada entre os dois, mas disfarçava comendo batatas fritas. Agora Anita começava a cantar com torções improvisadas, os casais dançavam quase sem sair do lugar e dava para perceber que escutavam a letra com desejo e desdita e todo o negado prazer da farra. Os rostos se voltavam para o palco e mesmo girando via-se como acompanhavam Anita, inclinada e confidente ao microfone. Alguns moviam a boca repetindo as palavras, outros sorriam estupidamente como de detrás de si mesmos, e quando ela encerrou seu *tanto, tanto como fuiste mío, y hoy te busco y no te encuentro,* à entrada em coro dos foles respondeu a renovada violência da dança, as corridas laterais e os oitos entreverados no meio da pista. Muitos suavam, uma cabocla que teria chegado no máximo ao segundo botão de meu casaco passou raspando em nossa mesa e vi como o suor jorrava da raiz de seu cabelo e lhe escorria pela nuca, onde a gordura criava uma canaleta mais clara. Entrava fumaça do salão contíguo, onde as pessoas comiam parrilladas e dançavam rancheiras, o churrasco e os cigarros criavam uma nuvem baixa que deformava os rostos e as pinturas baratas da parede em frente. Acho que eu contribuía de dentro com minhas quatro doses de aguardente, e Mauro segurava o queixo com o avesso da mão, olhando fixamente para diante. Não chamou nossa atenção o fato de o tango continuar interminavelmente lá em cima, uma ou duas vezes vi Mauro lançar um olhar para o palco, onde Anita fazia de conta que brandia uma batuta, mas depois voltou a cravar os olhos nos casais que dançavam. Não sei como explicar, tenho a sensação de que eu acompanhava o olhar dele e ao mesmo tempo lhe indicava o caminho; sem nos ver, sabíamos (tenho a sensação de que Mauro sabia) a coincidência daquele olhar, fitávamos juntos os mesmos casais, os mesmos cabelos, as mesmas calças. Ouvi Emma dizer alguma coisa, uma desculpa, e o espaço de mesa entre mim e Mauro ficou mais claro, embora não nos olhássemos. Sobre a pista parecia haver descido um momento de imensa felicidade, respirei fundo como se me associasse a ela e creio ter ouvido Mauro fazer o mesmo. A fumaça era tanta que depois do centro da pista os rostos ficavam borrados, de modo que não dava para ver, entre os corpos interpostos e a neblina, a área das cadeiras das que não haviam sido tiradas para dançar. *Tanto como fuiste mío*, curiosa a crepitação que o alto-falante emprestava à voz de Anita, de novo os dançarinos se imobilizavam (sempre se movendo) e Celina, que estava à direita, saindo da fumaça e girando obediente à pressão de seu companheiro, ficou um momento de perfil para mim, depois de costas, depois foi o outro perfil, e ergueu o rosto para ouvir a música. Digo: Celina; mas nesse momento foi mais como saber sem compreender, Celina ali sem estar, claro, como compreender isso naquele momento. A mesa tremeu de repente, eu sabia que era o braço de Mauro que tremia, ou o meu, mas não estávamos com medo, era uma coisa mais próxima do espanto e da alegria e do estômago. Na verdade era idiota, um sentimento de coisa à parte que não nos deixava sair, recompor-nos. Celina continuava sempre ali, sem nos ver, bebendo o tango com toda uma expressão que uma luz amarela de fumaça desmentia e alterava. Qualquer das negras poderia ter se parecido mais com Celina do que ela naquele momento, a felicidade a transformava de uma maneira atroz, eu não teria podido tolerar Celina como a via naquele momento e naquele tango. Restou-me entendimento para avaliar a devastação de sua felicidade, seu rosto alheado e estúpido no paraíso enfim alcançado; não existissem o trabalho e os clientes, quem sabe ela fosse assim na milonga de Kasidis. Agora nada a tolhia em seu céu só dela, entregava-se de pele inteira ao gozo e entrava mais uma vez na ordem aonde Mauro não tinha como segui-la. Era seu duro céu conquistado, seu tango tocando outra vez só para ela e seus iguais, até o aplauso de vidros quebrados que encerrou o refrão de Anita, Celina de costas, Celina de perfil, outros casais encobrindo-a, e a fumaça.

Não quis olhar para Mauro, agora eu me repunha e meu notório cinismo empilhava comportamentos a todo o vapor. Tudo dependia de como ele se posicionasse no assunto, de modo que permaneci como estava, estudando a pista que pouco a pouco se esvaziava.

— Você viu? — perguntou Mauro.

— Vi.

— Viu como era parecida?

Não respondi, o alívio contava mais que a pena. Ele estava do lado de cá, o coitado estava do lado de cá e já não conseguia acreditar no que havíamos sabido juntos. Vi-o levantar-se e andar pela pista com passo de bêbado, em busca da mulher que se parecia com Celina. Eu fiquei quieto, fumando sem pressa, olhando-o ir e vir, sabendo que perdia seu tempo, que voltaria atormentado e sedento sem ter encontrado as portas do céu em meio àquela fumaça e àquela gente.

Bestiário

Entre a última colherada de arroz de leite — pouca canela, uma pena — e os beijos antes de subir para dormir, ouviram tocar a campainha na sala do telefone e Isabel ficou enrolando até Inés voltar depois de atender e dizer alguma coisa ao ouvido da mãe. As duas se entreolharam e depois olharam para Isabel, que pensou na gaiola quebrada e nas contas de dividir e um pouco na fúria de d. Lucera por ela ter tocado a campainha da casa dela ao voltar da escola. Não estava tão preocupada, a mãe e Inés pareciam estar olhando para além dela, quase como se a utilizassem como pretexto; mas de fato olhavam para ela.

— Quanto a mim, não me agrada que ela vá, acredite — disse Inés. — Não tanto pelo tigre, afinal cuidam bem desse aspecto. Mas é uma casa tão triste, e só aquele garoto para brincar com ela...

— Também não me agrada — disse a mãe, e Isabel entendeu, como se estivesse no alto de um escorrega, que a mandariam para a casa de Funes durante o verão. Jogou-se na notícia, na enorme onda verde, a casa de Funes, a casa de Funes, claro que a mandariam. Não gostavam de fazer isso, mas convinha. Brônquios delicados, Mar del Plata caríssima, difícil lidar com uma garota mimada, tola, de comportamento regular e isso que a srta. Tania é tão boa, sono inquieto e brinquedos por todo lado, perguntas, botões, joelhos sujos. Sentiu medo, delícia, perfume de chorões, e o *u* de Funes se misturava ao arroz de leite, tão tarde, hora de dormir, já para a cama.

Deitada, luz apagada, coberta de beijos e olhares tristes de Inés e da mãe, não completamente decididas mas já completamente decididas a mandá-la para lá. Antecipava a chegada de charrete, o primeiro café da manhã, a alegria de Nino caçador de baratas, Nino sapo, Nino peixe (lembrança de três anos antes: Nino mostrando-lhe figurinhas coladas com goma arábica num álbum e declarando, sério: "Isto é um sapo e isto é um pei-xe"). Agora Nino no parque esperando-a com a rede de caçar borboletas, e ainda as mãos macias de Rema — viu-as nascendo da penumbra, estava de olhos abertos e em lugar do rosto de Nino, zás, as mãos de Rema, a caçula dos Funes. "Tia Rema me ama tanto", e os olhos de Nino ficavam grandes e molhados, em outra ocasião viu Nino cair flutuando no ar confuso do quarto, olhando feliz para ela. Nino peixe. Adormeceu querendo que a semana passasse naquela mesma noite, e as despedidas, a viagem de trem, a légua na charrete, a porteira, os eucaliptos do caminho de entrada. Antes de adormecer teve um momento de horror ao imaginar que podia estar sonhando. Ao estirar-se bruscamente deu com os pés nas barras de bronze, doeram através das colchas, e na sala de jantar dava para ouvir a mãe e Inés falando, bagagem, ver com o médico a questão do eczema, óleo de bacalhau e hamamélis virginiana. Não era sonho, não era sonho.

Não era sonho. Numa manhã de vento levaram-na até a estação Constitución, com bandeirinhas nas bancas de ambulantes da praça, torta no Tren Mixto e chegada triunfal à plataforma número 14. Foram tantos beijos de Inés e da mãe que seu rosto ficou parecendo pisoteado, mole e com cheiro de ruge e pó Rachel da Coty, úmido ao redor da boca, um nojo que o vento carregou de um só golpe. Não tinha medo de viajar sozinha porque era uma menina grande, com nada menos que vinte pesos na bolsa, a Compañía Sansinena de Carnes Congeladas entrando pela janela do trem com um cheiro adocicado, o Riachuelo amarelo e Isabel já refeita de um choro forçado, contente, morta de medo, ativa no exercício pleno de seu assento, de sua janela, viajante quase única num pedaço de vagão onde dava para experimentar todos os assentos e ver-se nos espelhinhos. Pensou uma ou duas vezes na mãe, em Inés — elas já deviam estar no 97, saindo da estação —, leu proibido fumar, proibido cuspir, capacidade quarenta e dois passageiros sentados, estavam passando por Banfield a toda a velocidade, vuuuum! campo mais campo mais campo misturado com o gosto da barra de chocolate e as balas de menta. Inés a aconselhara a ir tricotando o casaquinho de lã verde, de modo que Isabel o levava no recanto mais escondido da mala, coitada da Inés, cada ideia mais boba.

Na estação ficou com um pouco de medo, porque se a charrete... Mas lá estava ela, com d. Nicanor cortês e respeitoso, menina daqui e menina dali, se a viagem havia sido boa, se d. Elisa continuava bonita, claro que havia chovido — Oh, o avanço da charrete, o vaivém para oferecer-lhe o aquário completo de sua vinda anterior a Los Horneros. Tudo mais miúdo, mais de vidro e rosa, sem o tigre na época, com d. Nicanor menos grisalho, só três anos antes, Nino um sapo, Nino um peixe, e as mãos de Rema que davam vontade de chorar e senti-las eternamente sobre a cabeça, numa carícia quase de morte e de baunilhas com creme, as duas melhores coisas da vida.

Deram-lhe um quarto em cima, inteirinho para ela, lindíssimo. Um quarto de adulto (ideia de Nino, todo caracóis negros e olhos, bonito em seu macacão azul; claro que à tarde Luis o fazia vestir-se muito bem, de cinza-ardósia e gravata vermelha) e dentro outro quarto pequenino com um cardeal enorme e selvagem. O banheiro ficava a duas portas (mas internas, de modo que dava para ir sem antes verificar onde estava o tigre), cheio de torneiras e metais, embora não fosse fácil enganar Isabel e já no banheiro se percebia bem o campo, as coisas não eram tão perfeitas quanto num banheiro de cidade. Tinha cheiro de velho, na segunda manhã encontrou um tatuzinho passeando pela pia. Mal encostou nele e ele virou uma bolinha amedrontada, perdeu o equilíbrio e caiu no buraco gorgolejante.

Querida mamãe tomo da pena para — Comiam na copa dos cristais, onde era mais fresco. Nene se queixava o tempo todo do calor, Luis não dizia nada mas pouco a pouco se via o suor brotar de sua testa e da barba. Só Rema não se abalava, passava os pratos devagar e sempre como se a refeição fosse de aniversário, um pouco solene e emocionante. (Isabel aprendia em segredo seu jeito de trinchar, de instruir as criadinhas.) Luis estava quase sempre lendo, punhos nas têmporas e livro apoiado num sifão. Rema tocava seu braço antes de entregar-lhe um prato, e às vezes Nene o interrompia e o chamava de filósofo. Isabel ficava sentida por Luis ser filósofo, não pelo fato em si mas por Nene, que assim encontrava pretexto para zombar de Luis e dizê-lo.

Na refeição, sentavam-se assim: Luis na cabeceira, Rema e Nino de um lado da mesa, Nene e Isabel do outro, de modo que havia um adulto na cabeceira e nas duas laterais um adulto e uma criança. Quando Nino queria muito dizer alguma coisa a Isabel, batia em sua canela com o sapato. Uma vez Isabel gritou e Nene ficou furioso e a chamou de malcriada. Rema ficou olhando para ela, até Isabel se consolar com seu olhar e a sopa juliana.

Mãezinha, antes de comer é como em todos os outros momentos, é preciso prestar atenção para verificar se — Quase sempre era Rema quem ia verificar se o caminho para a copa dos cristais estava livre. No segundo dia entrou no salão e disse aos outros que esperassem. Passou-se um bom tempo até um peão avisar que o tigre estava no jardim dos trevos, então Rema pegou as crianças pela mão e todos entraram para comer. Nessa manhã as batatas estavam ressecadas, mas só Nene e Nino reclamaram.

Você me disse para não ficar fazendo — Porque Rema parecia deter, com sua suave bondade, toda pergunta. Estavam tão à vontade que não precisavam preocupar-se com a questão dos cômodos. Uma casa enorme, e na pior das hipóteses era preciso não entrar numa peça; nunca em mais de uma, de modo que não fazia diferença. Dois dias depois de chegar, Isabel ficou tão habituada quanto Nino. Os dois brincavam da manhã à noite no bosque de chorões, e quando não podiam brincar no bosque de chorões tinham o jardim dos trevos, o parque das redes e a margem do arroio. Na casa era a mesma coisa, tinham seus quartos, o corredor do meio, a biblioteca de baixo (exceto numa quinta-feira em que não foi possível ir para a biblioteca) e a copa dos cristais. Não iam para o escritório de Luis porque ele lia o tempo todo, às vezes chamava o filho e lhe dava livros com estampas; mas Nino saía de lá com os livros e os dois iam olhá-los na sala ou no jardim da frente. Nunca entravam no escritório de Nene porque tinham medo das brabezas dele. Rema lhes disse que era melhor assim, disse como se os advertisse; eles já sabiam ler em seus silêncios.

Ao fim e ao cabo era uma vida triste. Uma noite Isabel se perguntou por que os Funes a teriam convidado para veranear. Faltou-lhe idade para entender que não era por ela, mas por

Nino, um brinquedo estival para alegrar Nino. Por enquanto só se dava conta da casa triste, de que Rema parecia cansada, de que chovia pouco mas as coisas pareciam úmidas e abandonadas. Depois de alguns dias acostumou-se à ordem da casa, à disciplina descomplicada daquele verão em Los Horneros. Nino estava começando a entender o microscópio que ganhara de Luis, os dois passaram uma semana esplêndida criando insetos numa bacia com água estagnada e folhas de copo-de-leite, pingando gotas na lâmina de vidro para olhar os micróbios. "São larvas de mosquito, com esse microscópio vocês não vão conseguir ver micróbios", dizia-lhes Luis com seu sorriso um pouco forçado e distante. Eles não conseguiam acreditar que aquele horror que se contorcia não fosse um micróbio. Rema lhes trouxe um caleidoscópio que guardava em seu guarda-roupa, mas eles sempre prefeririam descobrir micróbios e numerar suas patas. Isabel anotava os experimentos numa caderneta, combinava biologia com química e a preparação de uma farmácia. Instalaram a farmácia no quarto de Nino, depois de percorrer a casa em busca de coisas. Isabel declarou a Luis: "Queremos de tudo: coisas". Luis lhes deu pílulas de Andreu, algodão cor-de-rosa, um tubo de ensaio. Nene, um saco de borracha e um frasco com pílulas verdes e rótulo raspado. Rema foi ver a farmácia, leu o inventário na caderneta e lhes disse que estavam aprendendo coisas úteis. Ela ou Nino (que sempre se entusiasmava e queria se exibir para Rema), um dos dois, teve a ideia de montar um herbário. Como naquela manhã o jardim dos trevos estava liberado, andaram recolhendo amostras e à noite estavam com o assoalho de seus quartos cheio de folhas e flores sobre papéis, quase não restava espaço onde pisar. Antes de dormir, Isabel anotou: "Folha número 74: verde, formato de coração, com pintinhas marrons". Achava um pouco chato todas as folhas serem verdes, quase todas lisas, quase todas lanceoladas.

* * *

No dia em que saíram para caçar formigas, viu os peões da estância. Conhecia bem o capataz e o mordomo porque eles sempre iam até a casa levar as notícias. Mas aqueles outros peões, mais jovens, estavam ali ao lado dos galpões com ar de sesta, bocejando de vez em quando e vendo a brincadeira das crianças. Um deles disse a Nino: "Pra que recolhê esses bicho", e deu um croque na cabeça dele, no meio dos cachos. Isabel teria gostado que Nino ficasse bravo, que demonstrasse ser o filho do patrão. Já estavam com a garrafa fervilhante de formigas e na margem do arroio deram com um besouro enorme e também o jogaram lá para dentro, para ver. A ideia do formigário saíra do *Tesouro da juventude*, e Luis lhes emprestara uma caixa de vidro, grande e funda. Quando já se afastavam carregando a caixa juntos, Isabel ouviu Luis dizer a Rema: "Melhor, assim eles ficam quietos em casa". Também teve a impressão de ouvir Rema suspirar. Lembrou-se, antes de adormecer, na hora dos rostos no escuro, viu outra vez Nene sair para fumar no alpendre, magro e cantarolando, Rema levar o café para ele, e ele pegando a xícara todo atrapalhado, se enganando e apertando os dedos de Rema ao pegar a xícara. Da copa, Isabel vira Rema puxar a mão para trás e Nene salvar por pouco a xícara de cair ao chão e rir da confusão. Melhor formiga preta que vermelha: são maiores, mais ferozes. Soltar depois um montão de formigas vermelhas, acompanhar a guerra do outro lado do vidro, bem protegidos. E se não brigassem? Dois formigueiros, um em cada canto da caixa de vidro. Iriam se consolar estudando os costumes diferentes, uma caderneta especial para cada tipo de formiga. Mas era quase certo que iriam brigar, guerra *sem quartel* para olhar através do vidro, e uma só caderneta.

Rema não gostava de espiá-los, às vezes passava na frente dos quartos e os via com o formigário ao lado da janela, apaixonados e importantes. Nino era especialista em apontar sem demora as novas galerias, e Isabel ia ampliando o mapa desenhado a tinta em página dupla. A conselho de Luis, acabaram aceitando somente formigas pretas, e o formigário já estava enorme, as formigas pareciam furiosas e trabalhavam até a noite, cavando e removendo com mil ordens e evoluções, douta fricção de antenas e patas, repentinos acessos de fúria ou veemência, concentrações e debandadas sem causa visível. Isabel já não sabia o que anotar, pouco a pouco abandonou a caderneta e os dois passavam horas estudando e esquecendo-se das descobertas. Nino estava começando a querer voltar para o jardim, mencionava as redes e os petiços. Isabel o desprezava um pouco. O formigário era mais importante que Los Horneros inteiro, e ela ficava fascinada com a ideia de que as formigas iam e vinham sem medo de nenhum tigre, às vezes inventava de imaginar um tigrezinho minúsculo como uma borracha de apagar, rondando as galerias do formigário; talvez isso explicasse as debandadas, as concentrações. E gostava de repetir o grande mundo no mundo de vidro, agora que se sentia um pouco presa, agora que estavam proibidos de descer para a copa enquanto Rema não avisasse.

Aproximou o nariz de um dos vidros, subitamente atenta porque gostava de ser respeitada; ouviu Rema deter-se junto à porta, calar, olhar para ela. Essas coisas ela ouvia com absoluta clareza em se tratando de Rema.

— Por que sozinha assim?

— Nino foi para a rede. Tenho a impressão de que aquela deve ser uma rainha, é enorme.

O avental de Rema se refletia no vidro. Isabel viu que uma de suas mãos estava um pouquinho erguida, com o reflexo no vidro até parecia que estava dentro do formigário, de chofre pensou naquela mão entregando a xícara de café a Nene, mas agora eram as formigas que andavam por seus dedos, as formigas em vez da xícara e da mão de Nene apertando as pontas de seus dedos.

— Tire a mão, Rema — pediu.
— A mão?
— Assim está bem. O reflexo estava assustando as formigas.
— Ah. Já dá para descer para a copa.
— Depois. O Nene está zangado com a senhora, Rema?

A mão passou sobre o vidro como um pássaro por uma janela. Isabel teve a impressão de que as formigas ficavam realmente assustadas, que fugiam do reflexo. Agora não se via mais nada, Rema saíra, andava pelo corredor como se fugisse de alguma coisa. Isabel ficou com medo de sua pergunta, um medo surdo e sem sentido, talvez não tanto da pergunta como de ver Rema sair assim, do vidro novamente límpido no qual desembocavam as galerias para dobrar-se como dedos crispados no interior da terra.

Uma tarde houve sesta, melancia, pelota basca no paredão junto ao arroio, e Nino teve um desempenho fantástico devolvendo bolas que pareciam impossíveis e subindo no telhado pela glicínia para recuperar a bola presa entre duas telhas. Apareceu um peãozinho vindo do lado dos salgueiros e jogou com eles, mas era lerdo e não acertava a bola. Isabel sentia cheiro de folhas de aroeira e em determinado momento, ao rebater uma bola insidiosa que Nino lhe mandava por baixo, sentiu lá no fundo a felicidade do verão. Pela primeira vez entendia sua presença em Los Horneros, as férias, Nino. Pensou no formigário lá em cima e era uma coisa morta e regurgitante, um horror de patas tentando sair, um ar viciado e venenoso. Acertou a bola com raiva, com alegria, partiu um talo de aroeira com os dentes e cuspiu-o enojada, feliz, por fim verdadeiramente sob o sol do campo.

Os vidros caíram como granizo. Era no escritório de Nene. Viram-no debruçar-se em mangas de camisa, com os grandes óculos pretos.

— Fedelhos de merda!

O peãozinho fugia. Nino foi para junto de Isabel, ela o sentiu tremer com o mesmo vento dos salgueiros.

— Foi sem querer, tio.

— É mesmo, Nene, foi sem querer.

Já se retirara.

Pedira a Rema que retirasse o formigário e Rema prometera se encarregar do assunto. Depois, conversando enquanto a ajudava a pendurar sua roupa e a vestir o pijama, esqueceram. Isabel sentiu a vizinhança das formigas quando Rema apagou a luz de seu quarto e se afastou pelo corredor para dar boa-noite a Nino, ainda choroso e dolorido, mas não teve coragem de chamá-la outra vez, Rema teria pensado que ela era uma menininha. Fez planos de adormecer em seguida e perdeu completamente o sono. Quando chegou o momento dos rostos no escuro, viu a mãe e Inés olhando uma para a outra com um ar sorridente de cúmplices e calçando luvas de um amarelo fosforescente. Viu Nino chorando, a mãe e Inés com as luvas que agora eram gorros roxos que giravam e giravam na cabeça delas, Nino de olhos enormes e ocos — talvez de tanto chorar —, e previu que agora veria Rema e Luis, queria vê-los, e não Nene, mas viu Nene sem os óculos, com o mesmo semblante contraído de quando começara a bater em Nino, e Nino recuando até encontrar o paredão, olhando para Nene como à espera de que aquilo acabasse, e Nene atingindo outra vez o rosto dele com um bofetão frouxo e mole que fazia um barulho de molhado, até Rema parar na frente dele, e ele riu quase encostando o rosto no rosto de Rema, e então ouviram Luis voltando e dizendo de longe que já podiam ir para a sala de jantar de dentro. Tudo tão rápido, tudo porque Nino estava ali e Rema viera dizer-lhes que não saíssem da sala enquanto Luis não verificasse em que aposento estava o tigre, e ficou com eles olhando-os jogar damas. Nino estava ganhando e Rema o elogiou, então Nino ficou tão feliz que abraçou a cintura dela e quis beijá-la. Rema se inclinara, rindo, e Nino começou a beijar seus olhos, seu nariz, os dois riam e Isabel junto, estavam tão felizes brincando daquele jeito. Não viram Nene se aproximar, quando chegou perto arrancou Nino com um puxão, disse alguma coisa sobre a bolada no vidro de seu quarto e começou a bater nele, olhava para Rema enquanto batia, parecia furioso com Rema e ela o desafiou com os olhos por um momento, Isabel assustada viu que ela o encarava e se posicionava na frente dele para proteger Nino. A cena inteira foi uma dissimulação, uma mentira, Luis achava que Nino estava chorando por ter levado uma palmada, Nene olhava para Rema como se a mandasse ficar em silêncio, Isabel via-o agora com a boca travada e bela, de lábios vermelhíssimos; no escuro os lábios eram ainda mais rubros, tinha-se apenas um vislumbre do brilho dos dentes. Dos dentes saiu uma nuvem esponjosa, um triângulo verde, Isabel pestanejava para apagar as imagens e de novo apareceram Inés e a mãe de luvas amarelas; olhou-as por um momento e pensou no formigário: aquilo estava ali e não dava para ver; as luvas amarelas não estavam, e no entanto ela as via como se estivessem em pleno sol. Achou quase curioso, não conseguia fazer aparecer o formigário, percebia-o antes como um peso, um pedaço denso e vivo de espaço. Tanto o sentiu que começou a procurar os fósforos, a vela da noite. O formigário pulou do nada envolto em penumbra oscilante. Isabel se aproximava com a vela. Coitadas das formigas, iam imaginar que era o sol que nascia. Quando pôde olhar um dos lados, sentiu medo; em plena escuridão, as formigas haviam estado trabalhando. Viu-as ir e vir, pulsantes, num silêncio tão visível, tão palpável. Trabalhavam ali dentro como se não tivessem perdido toda esperança de sair.

Quase sempre era o capataz quem avisava sobre os movimentos do tigre; Luis tinha a maior confiança nele, e como passava quase o dia inteiro trabalhando em seu escritório, nunca saía nem permitia que os que vinham do andar de cima se movessem enquanto d. Roberto não enviasse seu informe. Mas eles também precisavam confiar uns nos outros. Rema, ocupada com as tarefas de dentro da casa, sabia bem o que se passava no andar de baixo e em cima. Outras vezes eram as crianças que traziam a notícia a Nene ou a Luis. Não por terem visto alguma coisa, mas se d. Roberto os encontrava do lado de fora informava-os sobre o paradeiro do tigre e eles voltavam para avisar. Acreditavam em tudo que Nino dizia, em Isabel menos, porque era nova e podia se enganar. Depois, como ela andava sempre com Nino pendurado na saia, acabaram acreditando nela também. Isso pela manhã e à tarde; à noite era Nene quem saía para verificar se os cachorros estavam presos ou não havia ficado alguma brasa acesa perto das edificações. Isabel percebeu que ele levava o revólver e às vezes um bastão com punho de prata.

Não queria perguntar a Rema porque Rema parecia encarar aquilo como uma coisa perfeitamente óbvia e necessária; perguntar-lhe teria sido fazer papel de boba, e era ciosa de seu orgulho diante de outra mulher. Com Nino era fácil, ele falava e informava. Tudo tão claro e evidente quando ele explicava. Somente à noite, se quisesse repetir aquela clareza, aquela evidência, Isabel se dava conta de que as razões importantes continuavam ausentes. Aprendeu num instante o que de fato importava: verificar previamente se podiam sair da casa ou descer para a copa dos cristais, para o escritório de Luis, para a biblioteca. "É preciso confiar em d. Roberto", dissera Rema. Nela também, e em Nino. Não perguntava nada a Luis porque ele raramente sabia. A Nene, que sempre sabia, nunca perguntou. E assim tudo era fácil, a vida se organizava para Isabel com algumas obrigações mais no tocante aos movimentos e algumas menos no tocante à roupa, às refeições, à hora de dormir. Férias de verão de verdade, como deveria ser o ano inteiro.

... ver você logo. Eles vão bem. Nino e eu temos um formigário, a gente brinca e temos um herbário muito grande. Rema manda beijos, vai bem. Acho Rema triste, Luis também. Luis é muito bom. Tenho a impressão de que ele tem alguma coisa, e isso que estuda tanto. Rema me deu uns lenços de cores lindas, Inés vai gostar. Mamãe, aqui é uma delícia e eu me divirto com Nino e com d. Roberto, que é o capataz e nos diz quando podemos sair e aonde podemos ir, uma tarde ele quase se engana e nos manda para a margem do arroio, nisso veio um peão dizer que não, se você visse a aflição de d. Roberto e depois de Rema, ela pegou Nino no colo e ficou dando beijos nele, depois me apertou muito. Luis ficou dizendo que a casa não é para crianças e Nino perguntou que crianças e todo mundo riu, até o Nene riu. D. Roberto é o capataz.
Se você viesse me buscar podia ficar uns dias, conversar com Rema para ela ficar mais alegre. Acho que ela...

Mas dizer à mãe que Rema chorava à noite, que a ouvira chorar passando pelo corredor a passos hesitantes, parar na porta de Nino, ir em frente, descer a escada (devia estar enxugando os olhos) e a voz de Luis, ao longe: "O que você tem, Rema? Está sentindo alguma coisa?", um silêncio, a casa inteira parecendo uma imensa orelha, depois um murmúrio e de novo a voz de Luis: "Ele é um canalha, um canalha...", quase como se comprovasse friamente um fato, uma filiação, talvez um destino.

... está um pouco doente, se você viesse ficar com ela, faria bem a ela. Preciso lhe mostrar o herbário e umas pedras do arroio que os peões me trouxeram. Diga a Inés...

Era uma noite como ela gostava, com insetos, umidade, pão requentado e flã de sêmola com passas de uva. Os cachorros não paravam de latir na margem do arroio, um enorme louva-a-deus chegou voando e pousou na toalha e Nino foi buscar a lupa, cobriram-no com um copo largo e o provocaram para que mostrasse as cores das asas.

— Jogue esse bicho fora — pediu Rema. — Tenho nojo.

— É um belo exemplar — concedeu Luis. — Vejam como ele acompanha minha mão com os olhos. O único inseto que gira a cabeça.

— Que noite insuportável — disse Nene atrás de seu jornal.

Isabel teria querido decapitar o louva-a-deus, dar-lhe uma tesourada e ver o que acontecia.

— Deixe dentro do copo — pediu a Nino. — Amanhã a gente põe no formigário e observa o que acontece.

O calor aumentava, às dez e meia não dava para respirar. As crianças ficaram com Rema na sala de jantar de dentro, os homens foram para seus escritórios. Nino foi o primeiro a dizer que estava com sono.

— Suba sozinho, que depois vou ver você. Lá em cima está tudo bem. — E Rema o prendia pela cintura, com um gesto de que ele gostava muito.

— Você nos conta uma história, tia Rema?
— Outra noite.
Ficaram as duas sozinhas, com o louva-a-deus olhando para elas. Luis veio dar boa-noite, murmurou alguma coisa sobre a hora em que as crianças deviam ir para a cama, Rema sorriu para ele ao beijá-lo.
— Urso resmungão — disse, e Isabel, inclinada sobre o copo do louva-a-deus, pensou que nunca havia visto Rema beijando Nene nem um louva-a-deus de um verde tão verde. Movia um pouco o copo e o louva-a-deus se enfurecia. Rema se aproximou para pedir-lhe que fosse dormir.
— Jogue esse bicho fora, ele é horrível.
— Amanhã, Rema.
Pediu a Rema que subisse para dar boa-noite. Nene estava com a porta do escritório entreaberta e andava lá dentro em mangas de camisa, com o colarinho aberto. Assobiou para ela quando ela passou.
— Estou indo dormir, Nene.
— Ouça, vá dizer a Rema que prepare uma limonada bem gelada para mim e traga aqui. Depois você sobe para seu quarto.
Claro que subiria para seu quarto, não via por que ele precisava ficar mandando. Voltou à sala de jantar para dar o recado a Rema, viu que ela hesitava.
— Não suba ainda. Vou fazer a limonada e você mesma leva para ele.
— Ele disse que...
— Por favor.
Isabel sentou-se ao lado da mesa. Por favor. Havia nuvens de insetos girando sob o lampião de carbureto, poderia passar horas olhando para o nada e repetindo: por favor, por favor. Rema, Rema. Gostava tanto dela, e aquela voz de tristeza sem fundo, sem razão possível, a própria voz da tristeza. Por favor. Rema, Re-

ma... Um calor de febre invadia seu rosto, um desejo de jogar-se aos pés de Rema, de deixar-se levar nos braços de Rema, uma vontade de morrer olhando para ela, e Rema que sentisse pena dela, que passasse finos dedos frescos por seu cabelo, por suas pálpebras...

Agora ela lhe estendia uma jarra verde cheia de limões cortados e gelo.

— Leve para ele.

— Rema...

Teve a impressão de que estava trêmula, de que se punha de costas para a mesa para que ela não visse seus olhos.

— Já joguei fora o louva-a-deus, Rema.

Dorme-se mal com o calor pegajoso e tanto mosquito zunindo. Duas vezes esteve a ponto de levantar, sair para o corredor ou ir até o banheiro molhar os pulsos e o rosto. Mas ouvia os passos de alguém lá embaixo, alguém que andava de um lado para outro na sala de jantar, chegava ao pé da escada, voltava... Não eram os passos sombrios e espaçados de Luis, não era o andar de Rema. Quanto calor sentia Nene aquela noite, devia ter tomado a limonada aos golaços. Isabel o via bebendo da jarra, as mãos sustentando a jarra verde com rodelas amarelas oscilando na água sob o lampião; mas ao mesmo tempo tinha certeza de que Nene não havia bebido a limonada, que continuava olhando para a jarra que ela levara para ele até a mesa como alguém que contempla uma perversidade infinita. Não queria pensar no sorriso de Nene, em seu avanço até a porta como se pretendesse chegar à sala de jantar, em sua volta lenta.

— Ela é que devia ter trazido. Mandei você subir para seu quarto.

E ocorrer-lhe apenas uma resposta tão idiota...

— Está bem gelada, Nene.
E a jarra verde como o louva-a-deus.

Nino foi o primeiro a levantar e sugeriu que fossem procurar caracóis no arroio. Isabel quase não havia dormido, lembrava-se de salões com flores, campainhas, corredores de hospital, irmãs de caridade, termômetros em bocais com bicloreto, imagens de primeira comunhão, Inés, a bicicleta estragada, o Tren Mixto, a fantasia de cigana dos oito anos. No meio disso tudo, como um ar tênue entre folhas de álbum, via-se acordada, pensando em tantas coisas que não eram flores, campainhas, corredores de hospital. Levantou-se de má vontade, lavou as orelhas com gana. Nino disse que eram dez horas e que o tigre estava na sala do piano, de modo que podiam ir sem demora até o arroio. Desceram juntos, cumprimentando rapidamente Luis e Nene, que liam com as portas abertas. Os caracóis ficavam na margem, sobre os trigais. Nino se queixou da distração de Isabel, acusou-a de ser má companheira e de não ajudá-lo a montar a coleção. Ela o via de repente menino, tão garotinho entre seus caracóis e suas folhas.

Voltou antes dele, quando na casa içavam a bandeira do almoço. D. Roberto concluía sua inspeção e Isabel o interrogou, como sempre. Nino já se aproximava devagar, carregando a caixa dos caracóis e os rastelos, Isabel o ajudou a deixar os rastelos no alpendre e entraram juntos. Rema estava lá, branca e calada. Nino pôs um caracol azul na mão dela.

— Para você, o mais bonito.

Nene já estava comendo, jornal ao lado, Isabel quase não tinha onde apoiar o braço. Luis foi o último a chegar de seu quarto, contente como sempre ao meio-dia. Comeram, Nino falava dos caracóis, dos ovos de caracol entre os caniços, da coleção por tamanhos ou cores. Iria matá-los sozinho porque Isabel ficava com pena, poriam para secar sobre uma folha de zinco. Depois veio o café, Luis olhou para eles com a pergunta usual, então Isabel foi a primeira a levantar para ir em busca de d. Roberto, embora d. Roberto já tivesse lhe dito antes. Deu a volta no alpendre e quando entrou de novo, Rema e Nino estavam com as cabeças juntas sobre os caracóis, pareciam uma fotografia de família, só Luis olhou para ela e ela disse: "Está no escritório de Nene", ficou vendo como Nene erguia os ombros, incomodado, e Rema tocava um caracol com a ponta do dedo, tão delicadamente que seu dedo também tinha alguma coisa de caracol. Depois Rema se levantou para ir buscar mais açúcar e Isabel foi atrás dela conversando até que voltaram rindo por causa de uma brincadeira que haviam feito na copa. Como Luis estava sem tabaco e mandou Nino buscar em seu escritório, Isabel o desafiou, dizendo que encontraria os cigarros primeiro, e os dois saíram juntos. Nino venceu, voltaram correndo e se empurrando, quase colidem com Nene, que ia ler o jornal na biblioteca, queixando-se de não poder usar seu escritório. Isabel se aproximou para olhar os caracóis, e Luis, esperando que ela acendesse seu cigarro como sempre, viu-a distraída, estudando os caracóis que começavam devagarinho a aparecer e se mover, olhando de repente para Rema, mas apartando-se dela como uma rajada de vento, e obcecada pelos caracóis, tanto que não se moveu quando Nene começou a gritar, todos já estavam correndo e ela atenta aos caracóis como se não ouvisse o novo grito engasgado de Nene, os murros de Luis na porta da biblioteca, d. Roberto entrando com cachorros, os gemidos de Nene em meio aos latidos furiosos dos cachorros, e Luis repetindo: "Mas se estava no escritório dele! Ela disse que estava no escritório dele!", inclinada sobre os caracóis esguios como dedos, quem sabe como os dedos de Rema, ou era a mão de Rema que segurava seu ombro, forçava-a a erguer a cabeça para olhar para ela, para ficar uma eternidade olhando para ela, vencida por seu choro feroz contra a saia de Rema, sua alterada alegria, e Rema passando a mão pelo cabelo dela, acalmando-a com um suave apertar de dedos e um murmúrio junto a seu ouvido, um balbucio que poderia ser de gratidão, de inominável aquiescência.

ESTA OBRA FOI COMPOSTA PELA ACOMTE EM ELECTRA E IMPRESSA
EM OFSETE PELA GRÁFICA SANTA MARTA SOBRE PAPEL PÓLEN BOLD DA SUZANO S.A.
PARA A EDITORA SCHWARCZ EM JUNHO DE 2025

A marca FSC® é a garantia de que a madeira utilizada na fabricação do papel deste livro provém de florestas que foram gerenciadas de maneira ambientalmente correta, socialmente justa e economicamente viável, além de outras fontes de origem controlada.